W0219827

Vitus Boldt

Bikers High

Buch

Schnelle Räder, heiße Kurven: Wenn die Wiener High Society auf die Motorbikes steigt, zählt nur eines: Vollgas geben - und zwar in jeder Hinsicht. Leichte Mädchen und harte Drogen kommen da gerade recht.

Das bittere Erwachen folgt, als nach einer wilden Partynacht eine Tote gefunden wird. Hat die Runde um Szenewirt Novak und Starchirurg Finkhaus etwa Dreck am Stecken? Oder sind gar deren verwöhnte Sprösslinge, die ihren Übermut in gefährlichen Bike-Matches austoben, in die Sache verwickelt?

Der Motorradbulle Marko Gehmaier ermittelt.

Autor

Vitus Boldt ist das Pseudonym eines leidenschaftlichen österreichischen Bikers, der die beschriebenen Touren, Pässe und Regionen wie seine Westentasche kennt und seit mehr als zwanzig Jahren viel Zeit auf seinem Motorrad verbringt, um die schönsten Bike-Routen in den Alpen, den Abruzzen und in den Pyrenäen zu erkunden.

Wenn er nicht gerade vor dem Computer oder auf dem Rücken seiner Reiseenduro sitzt, ist er am liebsten in der Natur unterwegs.

Vitus Boldt

BIKERS HIGH

Ein Marko Gehmaier Krimi
im Motorrad-Milieu

ROMAN

Alle Handlungen und Personen sind frei erfunden. Jede Ähnlichkeit mit lebenden oder toten Personen und realen Ereignissen ist unbeabsichtigt und rein zufällig.

Originalausgabe: Jänner 2015

Verlag: pink monday publishing e.U., Wien
Umschlagillustration und -gestaltung: Damian M.
shutterstock.com
temiropix (77616316)
Andrey Yurlov (159250628)
ISBN-13: 978-3903041028
ISBN-10: 3903041025

Da reiten sie hin! Wer hemmt ihren Lauf!
Wer reitet denn? Stolz und Unwissenheit.
Lass sie reiten! Da ist gute Zeit,
Schimpf und Schande sitzen hinten auf.

(Johann Wolfgang von Goethe, 1749 - 1832)

- 1 -

Er parkte am Straßenrand, rund hundert Meter vor der Einfahrt zur Vorstadtvilla, und stellte den Motor ab. Mit einem Blick in den Rückspiegel wollte er gerade die Autotür öffnen, als ein weißer Nobel-SUV von den britischen Inseln an seinem parkenden Cabrio vorbei preschte. Der SUV bog vor ihm links in die Einfahrt ein und verschwand hinter der aus Steinen gesetzten Einfriedung, über die gepflegte Sträucher und Bäume heraus ragten. Verdammt, ihr Mann, schoss es ihm durch den Kopf. Er überlegte, was er jetzt tun sollte und schaltete die Zündung wieder ein. Musik dudelte bassbetont aus seiner Stereoanlage, einer seiner aktuellen Lieblingshits begann. Er griff ans Lenkrad und stellte lauter. Soll ich warten oder fahren? Er wartete den Song ab. Warum ist der jetzt nach Hause gekommen? Er sollte doch einen Operationstermin in seiner Privatklinik haben.

Verwundert hörte Clarissa ein Motorgeräusch in der Auffahrt und sah aus dem Fenster. Tatsächlich, der schwere Wagen ihres Mannes rollte über die Zufahrt und hielt vor dem geschlossenen Garagentor. Ihr Puls explodierte. Hektisch schlüpfte sie aus dem hauchdünnen Negligee, stopfte es rasch in die Lade und zog den schlabbrigen Trainingsanzug über die schwarze Unterwäsche.

Als sie den Schlüssel an der Haustür hörte, war sie schon die Treppe hinunter gelaufen und stellte sich zur Tür des unteren Badezimmers.

»Hallo«, heuchelte sie. »Bist du heute schon zurück?«

»Nein, leider nicht. Ich hab nur die Brille vergessen, die ich zum Operieren unbedingt brauche.«

»Aber die hast du doch immer in der Klinik.«

»Ja, aber anscheinend habe ich sie gestern irrtümlich in meine Aktentasche gesteckt. Jedenfalls hab ich sie in der Klinik nicht gefunden. Und ich sollte schon im OP sein.«

Mit ein paar Schritten durchquerte er die Diele und verschwand in seinem Homeoffice, wo sie ihn am Schreibtisch herumkramen hörte.

»Ah, da ist sie ja«, hörte sie ihn sagen und schon war er wieder an der Haustür.

»Kommst du heute früher?«, hauchte sie, legte ihre Arme um ihn und gab ihm einen Kuss auf den Mund.

»Wie immer, gegen sieben«, antwortete er hektisch und entzog sich ihrer Umarmung. »Sorry, muss los«, murmelte er noch und zog die Haustür hinter sich zu. Gleich darauf heulte der Motor bullig auf.

Buh, das war knapp, dachte sie und atmete tief durch. Ein Blick auf ihre rosé-goldfarbene Rolex zeigte ihr, dass Gabriel eigentlich jetzt da sein müsste. Ausnahmsweise war seine Unpünktlichkeit ein Glück.

Sie ging zum kleinen Barockschränkchen neben der Garderobe, wo sie ihr Handy abgelegt hatte. Sie scrollte die Kontakte bis zum Eintrag Gabi, wie sie seine Nummer unauffällig gespeichert hatte.

Gabriel hörte gerade den zweiten Song, als sein Handy vibrierend aufleuchtete. Gerade war der weiße SUV wieder an ihm vorbei geschossen. Seine Vorfreude auf eine Studienlektion der besonderen Art hob seine Stimmung.

»Hallo, ist alles okay?«, fragte er unverfänglich.

»Buuh, das war knapp. Er hatte seine Brille vergessen. Ich habe schon gedacht, du läufst ihm direkt in die Arme.« In ihrer Stimme lag eine leichte Ängstlichkeit.

»Ach was, don´t worry! Ich hab ihn noch kommen sehen, die Musik eingeschaltet und abgewartet«, antwortete er betont cool. »Soll ich jetzt rein kommen?«, fragte er, weil ihn ihre Stimmlage unbewusst verunsichert hatte, sonst wäre er nicht so zurückhaltend gewesen.

»Ich weiß nicht. Momentan ist mir überhaupt nicht danach. Ich glaube, ich muss erst wieder runter kommen«, antwortete sie ausweichend.

»Ich helfe dir, dich zu entspannen«, versuchte er sein Glück erneut.

»Lieber nicht. Ich bin jetzt überhaupt nicht in Stimmung. Verschieben wir es auf morgen, ja? Tut mir Leid.«

»Aber, wir könnten …«, doch sein neuer Versuch mit der bettelnden Stimme half ihm nicht.

»Heute lieber nicht. Sei bitte nicht böse. Bussi, bis morgen«, flötete sie und drückte auf den roten Button.

Scheiße, dachte sich Gabriel, die lässt mich doch glatt stehen. Er überlegte, was er jetzt tun sollte. Auf die Uni hatte er keine Lust. Er sah auf die Uhr. Außerdem war die Vorlesung schon fast vorbei und da machte es wenig Sinn, den Professor auch noch auf sich aufmerksam zu machen, indem man jetzt noch in den Hörsaal schlich.

Er beschloss in die Innenstadt zu fahren und sich, wie üblich, mit seinen Kommilitonen zur Vorlesungsnachbesprechung im Café Valentin gegenüber der Uni zu treffen.

Wie immer fand Gabriel in der überteuerten Tiefgarage bei der Uni im 1. Bezirk einen Parkplatz, wenn er auch in das dritte Untergeschoß hatte fahren müssen, was er nicht besonders schätzte. Aber immer noch besser, als mit den Proleten in der U-Bahn oder gar mit der Straßenbahn zu fahren, dachte er.

Er überquerte ohne Hast den gepflasterten Platz über der Tiefgarage und drückte die Tür zum Café auf. Die anderen von der Clique saßen schon am Tisch in der Ecke, den sie häufig belegten. Der Kellner brachte gerade ein Tablett mit drei Verlängerten und zwei Weißweinspritzern. Gabriel wusste sofort, für wen welches Getränk war. Wie immer waren die Cafés für die Mädels und die Spritzer für die Jungs. Wie immer schlossen sie die langweilige Vorlesung zum Bürgerlichen Recht mit dem ersten Alkohol des Tages ab.

Erwin sah auf und winkte Gabriel zu. Mit der Hand klopfte er leicht auf die Sitzbank neben sich, um ihm zu signalisieren, dass er sich zu ihm setzen sollte.

»Hi, wie war es? Hab ich was versäumt?«

»Ach nie, wie kommst du denn darauf? Der Alte hat sich wieder einmal über die Wichtigkeit des Bürgerlichen ausgelassen und ist darauf herum geritten, wie streng er die Prüfungen machen wird. Einfach öde. Und bei dir? Warum bist du nicht gekommen?«

Erwin wusste nichts von Gabriels Verhältnis zu einer verheirateten Frau und er wollte es ihm auch nicht auf die Nase binden.

Erwin und Gabriel kannten sich schon seit der Mittelschule und auch durch ihre Väter, die schon seit ewig, wie sie immer betonten, befreundet waren. Nach dem Schulabschluss hatte Erwin ein Informatikstudium angefangen, während es Gabriel voller Ambitionen mit Wirtschaft versucht hatte. Schon während der Studieneingangsphase hatten beide erkannt, dass die gewählten Studien nicht das Richtige für sie waren und so hatten sie gemeinsam mit dem Jurastudium begonnen. Mit Karl aus Eisenstadt und den drei Mädels, die auch aus dem Burgenland kamen, bildeten sie erst seit dem letzten Semester eine lose Clique, die eigentliche mehr eine Leidensgemeinschaft war. Das hatte sich so ergeben, weil Gabriel und Erwin ihrem Studienplan etwas nachhinkten.

Die Mädels waren sehr engagiert, nicht nur im Studium, sondern auch gegenüber Gabriel und Erwin. Sie meinten insgeheim, diese Jungs mit den coolen Autos und dem beeindruckenden familiären, vielleicht auch finanziellen Hintergrund, wären eine gute Alternative zum anstrengenden Unialltag. Gabriel interessierte sich nicht besonders für die drei, ließ aber Erwin seinen Spaß. Karl, der es hasste, wenn er Charly genannt wurde, war so etwas wie ein geduldetes Beiwerk. In dieser Runde fehlte noch Adrian, der aber tatsächlich krank war und mit einer Darmgrippe das Bett in der elterlichen Wohnung hüten musste.

»Ich habe einfach mal ausgepennt«, sagte Gabriel, »als der Wecker abging, hatte ich einfach keine Lust auf die öde Paragraphenleierei. Ist Adrian nicht gekommen? Ist er noch krank? Hast du was von ihm gehört.«

»Ich habe gestern mit ihm telefoniert. Da war er schon wieder einigermaßen gut drauf. Aber er will erst nächste Woche wieder auf die Uni gehen. Er wollte, dass wir ihn besuchen kommen. Hast du Lust?«

»Sicher nicht. Ich hoffe, er ist nächste Woche wieder so weit, nicht dass ich mir auch noch die ´Dünne´ von ihm hole«, spottete Gabriel.

»Ah geh, er hat gesagt, dass es nichts Ansteckendes ist.«

»Na, wenn das so ist, kannst ja du mal zu ihm gehen.«

Der Kellner stellte eine Melange für Gabriel auf die kleine, runde Tischplatte aus hellgrauem Granit. Gabriel wollte nach seiner morgendlichen ´kalten Dusche´ noch keinen Alkohol trinken. Als er sich zum Tisch wandte, um seine Tasse zu heben, traf sein Blick Karl, der sich mit den Mädchen unterhielt.

»Na, seid ihr noch am Aufarbeiten?«, wollte er wissen.

Katrin, Vanessa und Julia nickten wie auf ein geheimes Kommando gleichzeitig.

»Ich habe das auch sehr interessant gefunden, mit dem Familienrecht, Erbrecht und so«, erklärte Julia fast entschuldigend. »Das kann man immer brauchen.«

»Ich habe nichts zu erben«, wehrte Vanessa ab. »Aber wer weiß«, setzte sie kryptisch fort.

»Und was machen wir jetzt?«, unterbrach Erwin die Runde, bevor sie sich in pseudofachliche Diskussionen vertieften. »Hat jemand einen Vorschlag?«

»Also ich muss noch einiges für die Seminararbeit tun«, erklärte Vanessa abwehrend. »Zahlen bitte«, rief sie dem Kellner zu.

Die beiden anderen Mädchen und Karl schlossen sich an und ein paar Minuten später saßen Gabriel, und Erwin alleine am Tisch.

»Diese Streber«, sinnierte Erwin ihnen hinterher, »gehen mir auf die Nerven. Überhaupt Charly.«

Beide hegten eine gewisse Abneigung gegen Charly, der mit zwei der Mädchen schon in die Schule gegangen war und deshalb einen beinahe brüderlichen Kontakt zu ihnen pflegte.

»Ja, der wird wie sein Alter ein braver Beamter und sitzt dann bis zu seiner Pension hinter einem verstaubten Schreibtisch und stapelt die Akten von links nach rechts und dann von rechts nach links.«

»Du weißt schon, dass die da jetzt auch Computer haben«, erklärte Erwin mit ernstem Gesicht. »Da musst du nur mehr den richtigen Button anklicken: einen für Von-links-nach-rechts, einen für Von-rechts-nach-links.«

Gabriel lachte. »Ja, ich glaub, dass schafft er. Was anderes. Hast du dein Motorrad schon aus dem Winterschlaf geholt?«

»Nein, bis jetzt war es mir zu kalt. Aber kommendes Wochenende werde ich es mal herausholen und zum Service stellen. Und du?«, fragte Erwin.

»Meines ist schon startklar. Mein Dad ist selber schon wild aufs Motorradfahren gewesen und so haben wir die Bikes letzten Sonntag vorbereitet. Er wollte auch, dass ich gleich eine Runde mit ihm fahre, wegen einfahren und so. Also sind wir runter zum Neusiedler See und übers Hinterland zurück gefahren. Ich sag´ dir, mein Alter hat´s drauf. Der fährt mit seinem Chopper so, dass ich mit meinem Naked Bike ordentlich zu tun habe.« In seiner Stimme lag Respekt. Sein Vater, ein wohlbestallter Besitzer einer großen Communications- und Public Relations-Agentur war für seine Motorradleidenschaft stadtbekannt.

»Wow, super. Mein Alter hat noch keine Lust gehabt. Ich bin aber auch schon ganz heiß aufs Biken.

Überhaupt, wo es jetzt schon so schön warm ist«, meinte Erwin.

»Ja, bei uns geht es schon. In den Bergen kannst du aber noch Ski fahren.«

»Du, wir könnten ja eine kleine Italientour einplanen, für die Osterwoche oder so, was meinst du? Ich hätte auch wieder Lust auf ein bisschen Party dort unten.«

Gabriel wusste, was Erwin meinte. Er hatte auch schon von der neuen Modedroge gehört, von der die Studenten nach ihrem Auslandssemester an den italienischen Unis schwärmten. Aber er hatte sie noch nie probiert. Ab und zu einen Joint, sogar sein Vater hatte zugegeben, dass das kein Problem sei, ohne jedoch einzugestehen, dass er selbst ausreichend Erfahrung damit hatte. Aber diese synthetischen Dinger waren ihm nicht geheuer. Sein Dad lehnte diese sogar strikt ab.

Einige Minuten vergingen.

»Also, was ist, bist du dabei?«, hakte Erwin nach.

»Na klar«, bestätigte Gabriel. »Wohin willst du? Schon was überlegt?«

»Also um die Zeit sollten wir runter in die Toskana, nach Siena und Florenz. Ich kenne da ein paar Leute. Da können wir auch pennen.«

»Toskana«, wiederholte Gabriel, »das ist schon recht weit, oder?«

»Ah geh! Bis zur Grenze in Kärnten, fahren wir über die A2, dann die alte Kanaltalstraße. Das ist eine so geile Strecke, die langgezogenen Kurven, klasse Asphalt, ein Traum. Oder, wenn das Wetter super ist, können wir auch über den Nassfeldpass, den Plöckenpass oder so, fahren. Unten, im Flachland dann über die Autobahn bis Bologna, das Hinterland gibt da eh nix her, und ab in die Toskana-Hügel.«

»Sounds great«, bestätigte Gabriel. »Wie lange willst du unterwegs sein?«

»Die Osterwoche würde sich anbieten«, meinte Erwin und scrollte auf seinem Smartphone über den Kalender der nächsten Wochen. Das ist eh schon in rund drei Wochen. Kannst du da?«

»Hab noch nichts anderes vor. Ich halt mir die Osterwoche jedenfalls frei. Hast du Kohle?«

- 2 -

Am Abend desselben Tages stand ein Sektkühler mit einer halbvollen Flasche Prosecco di Valdobbiadene auf dem Ecktisch in der Piano Rosso-Bar in der schicken Seilergasse im 1. Bezirk. Die um den Tisch sitzende Herrenrunde war an diesem fortgeschrittenen Abend bester Laune. Der Wirt saß selbst am Tisch und sorgte mit einem periodischen Handzeichen zum Kellner für reichlich Nachschub des perlenden Tröpfchens.

Einer der Sitzenden stand auf, um den von den Toiletten zurückkehrenden Primar Dr. Finkhaus zu seinem Platz vorbei zu lassen.

»Ihr seht doch, wie uns die Politik verarscht. Sie beschließt irgendwelche Scheingesetze zur Begrenzung der Wahlkampfkosten. Und nach einer Schrecksekunde von fast zwei Jahren attestiert der Rechnungshof, dass die festgelegten Regelungen überhaupt nicht überprüfbar sind«, hörte Finkhaus, während er sich auf seinen Platz zwängte.

»Spaßig ist ja noch dazu, dass dieses Gesetz ausschließlich gemacht wurde, weil die verkrusteten Altparteien befürchtet haben, von den neuen Parteien, hinter denen sehr finanzkräftige Leute stehen, mit gekaufter Medienpräsenz niedergewalzt zu werden.«

»Ist doch immer dasselbe. Ich ärgere mich noch heute, wenn ich daran denke, wie sich die Politiker, die sonst keine Gelegenheit auslassen, die Gegner zu beschimpfen, bei der Erhöhung der Parteienfinanzierung alle schön einig waren.«

»Und dann reden alle von Reformen und vom notwendigen Sparen. Wir sollen sparen, damit die mehr zu verjubeln haben. Um uns Wähler über ihre tollen Ideen mit leeren Worten zu informieren, werden Millionen an Steuergeld für Parteienfinanzierungen ausgegeben. Aber reformiert oder gespart wird letztlich nirgends.«

»Ja, wir, die ordentlich Steuern zahlen, sind immer die Deppen der Nation. Die großen, internationalen Firmen schieben die Gewinne solange von einem Land zum anderen, bis nichts mehr zu versteuern übrig bleibt. Dabei wäre dort so viel Geld zu holen, dass wir alle weniger Steuern zahlen müssten«, jammerte Finkhaus.

»Dazu müssten sich die Staatsvertreter aller Herren Länder halt nicht nur im Scheinwerferlicht der internationalen Bühne einig sein. Aber es ist leider so, dass die Politiker bei den Verhandlungen in Brüssel schärferen Regelungen zustimmen, aber dann im eigenen Land die gewinnträchtigen Unternehmen mit Steuerzuckerln anlocken, wie die Blüten die Bienen«, versuchte Rechtsanwalt Netnicky eine sachliche Diskussion aufzunehmen.

»Ich stimme dir schon zu«, antwortete Finkhaus dem Anwalt. »Aber was hilft mir das? Ich glaube, je mehr Steuern wir zahlen, umso mehr Geld schmeißen die da oben raus. Wo du hinschaust wird gejammert, dass es zu wenig Geld gibt. Gleichzeitig werden durch Dummheit oder Schlamperei Milliarden für marode Banken und andere Skandale verbrannt. Wenn wir so arbeiten würden, bliebe gar nichts über, um Steuern zu zahlen.«

»Ich versuche halt, meine Steuern zu optimieren«, deutete Novak an. Der Wiener Szenewirt herrschte über mehrere Lokale in Wien. »Musst dir halt einen fähigen Steuerberater suchen. Und das heißt für mich, einen, der für dich bis an die Grenze des Machbaren geht und nicht versucht, selber möglichst keine Reibereien mit der Finanz zu bekommen.«

Finkhaus hielt das für eine kleine Angeberei und wollte Novak herausfordern. »Und welche Tricks kannst du mir verraten?«

»Na, wenn das so einfach wäre, würde die Finanz das auch schon wissen. Außerdem ist meine Branche ein bisschen anders als deine. Wenn du alles über die Krankenkassen abrechnest, bist du freilich transparent wie ein Schaufenster«, provozierte Novak.

Finkhaus schluckte unmerklich. Seine Patienten kamen in den seltensten Fällen mit einer Kostenübernahmeerklärung der Krankenkasse. Da war die Kostenübernahme durch irgendwelche Etablissementbetreiber oder Liebhaber schon eher zutreffend. Er nahm sich vor, wieder einmal genauer über das Thema nachzudenken. Er wähnte sich zwar schon recht professionell, was den Umgang mit Schwarzgeld aus den meist bar bezahlten operativen Eingriffen zur Steigerung mancher Schönheit belangte, war aber trotzdem der Meinung, immer noch viel zu viel an das Finanzministerium zu überweisen.

»Also, wenn du einen Steuerprofi kennst, vorzugsweise mit Know how in meiner Branche, wäre ich dir sehr dankbar.«

Zicula hatte den beiden zugehört und hielt nun den Moment für gekommen, sich einzubringen. »Also, ihr wisst ja, dass ich mich mit allen möglichen Anlageformen befasse.« Den anderen kam kein Kommentar aus. Zu bekannt waren Timo Ziculas Anlageempfehlungen. Die eine oder andere der meist konventionellen Veranlagungen war gut aufgegangen, sonst wäre er wohl kaum mehr in der Runde willkommen gewesen. Andererseits hatte er auch noch kein Wunder vollbracht. »Ich kooperiere jetzt mit Partnern in der Schweiz und in Liechtenstein. Dadurch ergeben sich ein paar gute neue Möglichkeiten. Natürlich ganz legal«, betonte er. Die Anwesenden schwiegen. Er konnte in ihren Gesichtern nicht erkennen, ob das gut oder schlecht war.

»Das könnte schon interessant sein«, nahm Netnicky den Faden wieder auf. »Ich habe da einen Klienten, der vielleicht ein paar Tipps brauchen könnte. Ich komme da auf dich zu.«

Zicula war unsicher, was das bedeutete, weil diese Floskel auch gerne als Hinhaltetaktik gebraucht wurde. Er beschloss abzuwarten. Er konnte ja bei nächster Gelegenheit nachfragen. Außerdem wusste er, dass wirklich Interessierte ihn dann anriefen, um einen Vieraugentermin zu vereinbaren.

»Was läuft sonst?«, fragte Novak in die Runde.

Die gesenkten Blicke verrieten dem erfahrenen Gastronomen eine gewisse Müdigkeit bei seinen Gästen.

»Was haltet ihr davon, wenn wir vor Ostern eine kleine Ausfahrt nach Kärnten machen?«

»Ich hätte schon Lust«, antworte Finkhaus als erster. »Eine kleine Tour zum Einfahren und Eingewöhnen wäre ganz fein.«

»Ich bin dabei«, stimmte Netnicky zu. »Hast du schon einen Terminvorschlag?«

»Wenn es sich ausgeht, bin ich auch gerne dabei«, ergänzte Zicula. »Für mich wäre das Palmwochenende ideal oder das Wochenende nach dem Ostermontag«, übernahm er die Terminvorschläge.

»Das passt beides«, stimmte der Anwalt zu. »Nur das Osterwochenende kann ich nicht.« Das klang wie eine geschäftliche Verhinderung, aber allen war klar und recht, dass die Osterfeiertage den Familien vorbehalten waren.

»Ich würde gerne das Wochenende nach Ostern fixieren«, schlug Novak vor. »Ich organisiere dann die Location und alles andere, wie immer«, schmunzelte er.

Die anderen wussten nur zu gut, was er meinte. Diese gemeinsamen Biketouren waren immer auch ein willkommener Anlass, mal ohne Ehefrau und Familie abzufeiern und ordentlich Party zu machen. Novak würde sich nicht nur um die Location und Zimmer für alle kümmern, sondern auch um die Verpflegung für Körper und Geist, wie er es einmal bezeichnet hatte. Letztlich lag die Betonung dann meist eindeutig beim Körper im Sinne der Kulinarik und der sozialen und körperlichen Kontakte.

»Also drei Tage, zwei Nächtigungen und auch sonst wie immer«, wiederholte er nochmals.

»Ja, klar! Passt gut!«, stimmte Netnicky zu und alle anderen nickten ebenfalls. »Wer informiert Josi?«

Franz-Josef Steinberger, der Besitzer einer Kommunikations- und PR-Agentur, den alle Josi nannten, fehlte an diesem Abend, weil er geschäftlich in London weilte.

»Das mache ich dann schon«, erklärte Novak. »Der kommt sicher auf einen Prosecco vorbei, wenn er wieder in der Stadt ist.«

Finkhaus sah auf die Uhr, die schon gleich 22:20 anzeigte.

»Nehmen wir noch einen schnellen Absacker? Ich muss dann langsam los.«

Eine glatte Täuschung. Wenn er langsam los sagte, saß er meist schon auf Nadeln.

Noch während er mit seinem Stadtcabrio aus der Tiefgarage bei der Oper fuhr, dachte Netnicky über die Hinweise Ziculas nach, bereute aber schon, dass er überhaupt etwas angedeutet hatte. Tatsächlich hatte ihn ein Klient gebeten, sich etwas zu überlegen. Aus den Fragen, die der Klient über Veranlagungsmöglichkeiten in der Schweiz stellte, lag nahe, dass es sich um Geld aus einer Transaktion handeln könnte, die nicht unbedingt dem Finanzministerium gemeldet werden sollte. Auf seine Nachfrage, wo sich das zu veranlagende Geld derzeit befände, hatte der Unternehmer aus Wien, der häufig im ehemaligen Jugoslawien unterwegs war, nur Südosteuropa gesagt. Der Anwalt war noch unsicher, ob er sich auf so etwas überhaupt einlassen sollte. Schließlich war er auf Eheverträge und Scheidungen spezialisiert. Aber der Unternehmer war schon lange sein Klient. Bei zwei Eheverträgen und einer Scheidung hatte Netnicky ihn bereits erfolgreich betreut. Außerdem ging er davon aus, dass sich niemand die Mühe machte würde, wenn er nur ein paar hunderttausend Euros veranlagen wollte. Damit erhoffte er sich ein nettes Honorar, das auch gleich in der Schweiz bleiben konnte. In beschwingter Stimmung fuhr er heimwärts.

Im weißen SUV grübelte Finkhaus ebenfalls über den Hinweis nach. Zum einen war da das Schwarzgeld, das er in bar in seiner Vorstadtvilla versteckt hatte und zum anderen die Möglichkeit, legal Steuern zu sparen. Das Bargeld schien ihm das dringendere Problem zu sein. Einerseits wegen seiner Frau Clarissa, die nichts zu wissen brauchte und schon gar nicht zufällig über das Geld stolpern sollte. Andererseits befürchtete er Einbrüche oder Feuer, die seine stillen Reserven schlagartig vernichten könnten. Und er konnte ja kaum eine Versicherung dafür abschließen. Ihm fiel ein, dass erst vor einigen Wochen bei einem Nachbarn, zwei Häuser weiter, eingebrochen worden war. Die Leute waren kaum ein paar Tage weg gewesen, als Einbrecher von der Gartenseite über die Terrasse kamen und ohne größere Probleme die Fensterläden und das Fenster mit einem simplen Schraubenzieher aufgebrochen hatten. Und das zur Mittagszeit. Der Schmuck der Nachbarin, der schön geordnet in der bei den Damen so beliebten Schmuckschatulle gesammelt war, war weg und ein bisschen Bargeld ebenfalls. Der oder die Täter hatten sich gar nicht die Mühe gemacht, die wertvolle Unterhaltungselektronik hinauszutragen oder das neue Motorrad aus der Garage zu klauen, sondern sich nur auf Schmuck und Geld konzentriert. Besonders beunruhigend fand Finkhaus, dass sie ziemlich spürsicher das versteckte Bargeld gefunden hatten.

»Du kannst dir nicht vorstellen, wie schnell das gegangen sein muss«, hatte ihm der Nachbar erzählt. »Die Polizei geht von ein paar Minuten aus. Und die waren bestens vorbereitet. Sie haben das Haus offenbar genau beobachtet und wussten, wann wir weg sind. Da hat es auch nicht geholfen, dass die Putzfrau so nett war, jeden Tag die Post herauszunehmen und die Blumen zu gießen. Sie ist regelmäßig vormittags zur gleichen Zeit gekommen. Die Einbrecher haben gemerkt, dass es sonst keine Bewegung gab.

Verstehst du, was das für ein unangenehmes Gefühl ist, wenn du weißt, dass die Verbrecher in ein paar Minuten bei dir im Schlafzimmer stehen können? Meine Frau wäre mir keine Nacht mehr alleine zu Hause geblieben, und ich muss doch immer wieder geschäftlich verreisen.«

Die Nachbarn hatten sich danach sofort eine Alarmanlage einbauen lassen.

Auch Werner Finkhaus überlegte den Einbau einer Alarmanlage. Das linderte jedoch seine Sorge um sein Bargeld nicht.

- 3 -

Am Samstagmorgen brachen Erwin und Gabriel schon vor sieben Uhr in Wien auf. Das Wetter war optimal für die geplante Biketour in die Toskana. Auch für die nächsten Tage war Schönwetter angesagt. Sie wollten am Vormittag möglichst viele Kilometer machen und hatten daher vereinbart, bis zur italienischen Grenze bei Tarvis die A2 entlang zu fahren. Wie erwartet war der Verkehr aus der Stadt hinaus sehr dicht und zähfließend. Aber die beiden schoben sich mit ihren Motorrädern leicht an den Autos vorbei. Nach dem Wechsel, der hügeligen Landschaft an der niederösterreichisch-steirischen Landesgrenze, wurde der Verkehr dann ohnehin ruhiger. Sie wollten auch nicht riskieren, ihr Urlaubsbudget gleich für diverse Verkehrsdelikte ausgeben zu müssen.

Nach der steirisch-kärntnerischen Landesgrenze pausierten sie in der Raststätte bei Völkermarkt und gönnten sich einen Café und ein Frühstücksgebäck. Wie meistens, wenn sie vor acht Uhr aus dem Haus mussten, hatten weder Erwin noch Gabriel etwas gefrühstückt, sondern waren gleich auf ihre Bikes gestiegen und zum vereinbarten Treffpunkt an einer Tankstelle am Stadtrand gefahren.

»Es geht ganz flott dahin«, resümierte Erwin den ersten Streckenabschnitt.

»Klar, auf der Autobahn dahinbolzen ist ja auch keine Kunst. Außer dass mir der Rücken weh tut, wenn ich immer gleich auf den Tank geduckt auf dem Eisen hängen muss.«

»Und mich schmerzt die Hand«, scherzte Erwin und drehte mit einer Handbewegung in der Luft auf Vollgas. »Ein Stück heizen wir noch auf der Autobahn, dann geht's ab ins Hinterland. Da das Wetter so super ist, können wir bei Arnoldstein das Gailtal hinauffahren, über den Plöckenpass und den Maurerpass runter nach Belluno oder Bassano del Grappa. Dort finden wir dann schon irgendein Quartier«, schlug Erwin vor.

»Das ist aber schon noch ein ganz schönes Stück und wir sind schon drei Stunden unterwegs. Ich denke, wir haben keine Eile«, gab Gabriel zu bedenken. »Wir haben ganze sieben Tage Zeit. Da ist es egal, ob wir morgen Abend in Firenze sind, oder erst übermorgen. Ich dachte, wir fahren gemütlich zwei, zweieinhalb Tage runter und planen dieselbe Zeit für die Rückfahrt ein. Dann bleiben uns mindestens zwei Tage in Florenz. Da können wir dann ein bisschen in der Gegend herumkurven. Ich war eh noch nie in Siena und Umgebung unterwegs.

»Hauptsache wir sind am Freitag wieder zurück«, erwiderte Erwin. »Aber, don´t worry, wir nehmen heute und morgen ein paar lässige Pässe mit, denn dann sollten wir bis Bologna wieder die Autobahn nehmen. Ich hab eh schon gesagt, dass das Flachland dort nichts hergibt. Da fährst du nur von einem Kreisverkehr zum nächsten. Ein Dorf sieht aus wie das andere. Also, auf die Geräte. Next stop: Grenze!«

Doch als sie zur Grenze kamen, bog Erwin nicht zur Raststation ab, sondern nahm gleich die Ausfahrt Richtung Hermagor und rollte erst rund dreißig Kilometer weiter in Hermagor zu einer Tanksäule, wo er sein Bike abstellte.

»Buh, das war knapp«, kommentierte er. »Meine Tankuhr ist schon auf Reserve. Hätte blöd ausgehen können.«

Gabriel gab sich gelassen. Er war ohne große Anstrengung hinter Erwin nachgefahren. Aber jetzt kam ihm die Pause zurecht. Er zog seinen kleinen Rucksack von den Schultern und holte eine Packung Schokoriegel heraus. »Magst auch einen?«, fragte er und hielt die Packung hoch.

Erwin schüttelte den Kopf. Er hatte die Handschuhe und den Helm auf die Tanksäule gelegt und hantierte mit dem Tankschlauch. Gabriel saß noch auf seinem Naked Bike und genoss den Schoko. Als er fertig war, stieg er ab und schob sein Bike zur freien

Tanksäule, wo er seinen Tank bis zum Anschlag anfüllte.

»Hast du ordentlich vollgemacht?«, fragte er Erwin. »Du weißt ja, dass der Sprit in Italien viel teurer ist, als bei uns, oder?«, zitierte Gabriel den gut gemeinten Rat seines Vaters.

»Klar, ist mir aber egal. Wegen der paar Cent«, gab der sich angeberisch.

Als sie eine halbe Stunde später die Ortstafel von Kötschach-Mauthen passierten, sah Gabriel auf seine Tankuhr und überlegte, ob es sich auszahlen würde, an der letzten Tankstelle vor der Grenze nochmals vollzufüllen. Der voran fahrende Erwin machte jedoch keine Anstalten anzuhalten. Also wollte sich auch Gabriel nicht Erwins Spott, von wegen Sparefroh und so, aussetzen und ließ es bleiben. Gleich nach der Ortstafel nahmen sie sportlich die erste Kehre der Auffahrt zum Plöckenpass und freuten sich auf die Kurvenreiterei. Bis zum Ende des schönen Ausbaustücks gaben sie ordentlich Gas, ohne sich jedoch gegenseitig zu matchen. Gabriel wusste, dass es Erwin mit seinem Racebike nicht verkraften würde, wenn er ihn überholen würde und er hatte jetzt nur mehr wenig Lust auf riskante Duelle, weil er schon etwas müde war. In seiner rechten Hand spürte er ein unangenehmes Ziehen im Handgelenk. Er sah auf der Uhr, dass es schon nach zwölf war. Seit über fünf

Stunden waren sie nun auf den Bikes. Zeit für eine Pause. Das mittlere Straßenstück war in sehr schlechtem Zustand. Löcher und aufgeschichtete Asphaltflecken rüttelten an den Rädern und prellten in den Händen und Unterarmen. Gabriel musste sich konzentrieren. Hoffentlich übersehe ich kein tiefes Schlagloch, dachte er. Er sah, dass vor ihm auch Erwin langsamer geworden war, etwas aufrechter auf dem Bock saß und in den Kurven nicht tief hinunter ging. Von früheren gemeinsamen Ausfahrten wusste Gabriel, dass Erwin zwar aggressiver fuhr als er, aber kein unnötiges Risiko einging. Andererseits ließ sich Erwin aber leicht herausfordern und vergaß dann seine vernünftigen Vorsätze sehr schnell.

Auf der Passhöhe nach der aufgelassenen Grenzstation blieben sie rechts am Parkplatz stehen. Einige andere Motorräder waren bereits dort abgestellt. Weiter vorne waren drei Campingbusse vor einer Handvoll Autos aufgereiht. Auf der sonnigen Terrasse des Ristorante saßen einige Leute unter Sonnenschirmen mit Werbeaufdrucken von Getränkefirmen.

Sie kippten ihre Motorräder neben den anderen Bikes auf die Seitenständer, stopften die Handschuhe und die Halstücher in die Helme und schoben diese über den Lenker ins Cockpit. Dann staksten sie mit den Bikestiefeln zu einem freien Tisch, wo sie sich hinsetzten und die Reißverschlüsse der Lederkombis aufzogen.

»Wow, das war ein feiner Ritt«, stellte Erwin fest. »Ist schon was anderes als die fade Autobahnbolzerei.«

»Ja, das kannst du wohl sagen«, bestätigte Gabriel. »Und jetzt hab ich ordentlich Hunger. Hab ja heute noch nichts gegessen«. Das Frühstücksgebäck in Völkermarkt und die Schokoriegel zählten jetzt offenbar gar nicht mehr.

»Schauen wir mal, was es da zu essen gibt«, sagte Erwin und nahm die kleine Speisekarte aus dem Plastikständer in der Mitte des runden Blechtisches. »Magst du Pizza oder Spaghetti?«, wandte er sich an Gabriel.

»Also jetzt lieber Spaghetti, mit Fleischsoße und Parmesan. Gibt es die?«

»Du meinst a la Bolognese. Klar, die gibt es überall in Italien. Ich nehme die Carbonara.«

»Du meinst die mit Speck und der dicken, fetten Sahne-Eier-Soße«, konterte Gabriel die weltmännische Anspielung Erwins. Aber Erwin war zu vertieft in die Speisekarte, um den Kommentar zu bemerken oder er überging ihn bewusst. Auch wenn er es niemals zugeben würde, wusste er, dass Gabriel ihm intellektuell überlegen war.

Drei Stunden später waren sie die Südseite des Plöckenpasses mit den zwölf Haarnadelkurven, von denen einige wie Balkone eines Hochhauses übereinander gestapelt waren und einige Serpentinen in finsteren Tunneln lagen, hinuntergefahren. In Tolmezzo waren sie nach Westen abgebogen, um gleich darauf die vom Wald überschatteten Kehren des Passo di Mauria zu befahren. Auf ein paar Geraden hatten sie ordentlich aufgedreht. Nach einer Kehre hatte Gabriel doch nicht widerstehen können und eine kurze Reaktionsverzögerung von Erwin ausgenützt, um sich an ihm vorbei zu schieben. Erwin hatte dann aber permanent Druck gemacht und war Gabriel förmlich auf der Nummerntafel geklebt. Gabriel wollte sich nicht hetzen lassen und ließ den tief auf dem Tank liegenden Möchtegern-Racer vor eine Kurve, die er absichtlich zu früh anbremste, überholen.

Im Val di Cadore war es wieder Zeit für eine Pause. Sie suchten sich eine Cafeteria, wo sie im Freien sitzen konnten und warteten auf die beiden Cappuccini.

»Lässige Strecke«, lobte Erwin seine Streckenwahl. »In der Gegend gibt es noch einiges zu fahren«, stellte er fest. »Rauf nach Sexten, rüber nach Cortina und in die Dolomiten. Aber da ist sicher noch alles unter Schnee. Wäre aber eine feine Tour für den Sommer.«

Gabriel hatte seine Straßenkarte aus dem Rucksack gekramt und vor sich aufgefaltet. »Wir sind jetzt hier«, und zeigte mit dem Finger auf einen Punkt nach Domegge di Cadore. »Da wir keine Dolomitentour machen, müssen wir uns jetzt Richtung Süden halten.« Er griff in die linke Brusttasche und zog sein Smartphone heraus. Er sah, dass es automatisch auf ein italienisches Netz eingebucht hatte und dass er zwei Werbe-SMS der italienischen Provider bekommen hatte. Aber es waren keine verpassten Anrufe zu sehen. Die Uhr zeigte 16:10 Uhr. »Ich denke, wir sollten noch bis Belluno oder Feltre fahren und dort übernachten. Dann können wir morgen früh über den Monte Grappa fahren. Der soll total schön sein. Oder wir fahren östlicher die Route Richtung Vittorio Veneto und nächtigen bei Treviso. Was meinst du?«

»Weiß nicht. Entscheide du.«

»Warst du schon mal in der Gegend?«

»Nein«, antwortete Erwin und schlürfte an seinem Café.

»Also, ich schlag vor, wir fahren noch ein Stück das Tal raus, Richtung Süden und schauen, ob wir ein passendes Quartier sehen. Ich möchte jedenfalls nicht im Finsteren nach Zimmern suchen müssen. Einverstanden?«

»Ok!« Erwins einsilbige Antwort ließ seine Müdigkeit erkennen. »Mir ist alles Recht.«

Gegen acht Uhr saßen sie dann in einer Pizzeria, ihr Zimmer lag zwei Stockwerke darüber.

»Ich finde, das haben wir gut getroffen«, meinte Gabriel. »Mit Garage für die Bikes.«

»Ja, super. Jetzt freue ich mich auf eine große Pizza mit Schinken, Salami und Pfefferoni.«

Wenig später lagen beide, todmüde von der langen Etappe, tief schlafend in ihren Betten.

Am nächsten Tag fuhren sie von der Nordseite die schmale Straße durch die Laubwälder auf den Monte Grappa. Vorsicht war geboten, denn einige Kurven waren sehr unübersichtlich und die Einheimischen schienen nicht mit Gegenverkehr zu rechnen. Außerdem waren am Sonntag einige Lokalmatadore mit ihren Bikes ausgefahren. Oben über der Baumgrenze hatten sie blauen Himmel. Von der Terrasse vor der Cafeteria genossen sie die traumhafte Aussicht über die Ebene im Süden. Sie sahen auch das riesige Bauwerk des Kriegerdenkmals. Dass in den drei Piaveschlachten des Ersten Weltkrieges fast 23.000 Soldaten aus Italien und Österreich ihr Leben auf dem Monte Grappa und den umliegenden Bergen verloren hatten, entging den beiden jedoch gänzlich.

Unter Bassano del Grappa fuhren sie auf die Autobahn, die sie erst bei der Abfahrt Sasso Marconi, ein Stück nach Bologna, wieder verließen.

Während der Mittagspause rief Erwin seinen Freund Alberto in Florenz an.

»Hallo Alberto, ciao! Wie geht es dir? So. Ah, ja gut!«, hörte Gabriel Erwin ins Telefon sagen. »Also wir sind jetzt, hey Gabriel, wo sind wir hier?«, wandte er sich an seinen Begleiter.

»Bei Sasso Marconi«, antwortete er.

»Wir sind jetzt bei Sasso Maroni«, wiederholte Erwin, der nicht richtig zugehört hatte, ins Telefon. »Also wir fahren jetzt noch ein bisschen durch das Hinterland…«

»Nach Vergato und über den Collina di Porretta bis nach Pistoia«, las Gabriel von der Karte vor.

»Nach Vergato und den Col Dipurator nach Pistoia«, wiederholte Erwin etwas unscharf. »Aber egal. Wir sind gegen sieben Uhr bei Florenz. Wo treffen wir uns?« Erwin schien angestrengt zuzuhören.

»Also gleich bei der Stadteinfahrt, von Autobahnabfahrt von Prato kommend, wartest du bei der großen gelben Tankstelle. Hast du das gehört Gabriel? Autobahn von Prato, große gelbe Tankstelle. 19:00 Uhr. Super. Ich freue mich! Ciao! Bis bald!«

Zwischen drei und vier Uhr nachmittags waren sie vor Pistoia, als Gabriel zweimal auf die Lichthupe drückte, um Erwins Aufmerksamkeit auf sich zu lenken. Er blinkte rechts und signalisierte, dass Erwin kurz anhalten solle. In einer Ausweichbucht blieben sie stehen. Gabriel fuhr neben Erwin und schob sein Visier hoch.

»Wir haben noch rund vierzig Kilometer nach Florenz. Da ginge sich noch eine kleine Stadtrundfahrt in Pistoia aus. Was meinst du?«

»Ja, gute Idee. Fahr du vor.«

Gabriel folgte den Schildern Richtung Zentrum und bald erreichten sie die Fußgängerzone der historischen Altstadt. Sie sperrten ihre Motorräder und die Helme mit einem dicken Kettenschloss zusammen und spazierten in die Fußgängerzone.

Alberto traf mit einer kleinen Verspätung am Treffpunkt ein, wo die beiden Biker schon fast eine halbe Stunde gewartet hatten.

Erwin begrüßte seinen Freund, den er von einem Aufenthalt in Wien kannte. Alberto hatte eine schmächtige Statur, trug schulterlange, fast schwarze Haare, hatte dunkle Augen, die von ebenso dunklen Augenbrauen betont wurden. Sein Deutsch war ausreichend, sein Akzent lustig. Nach ein paar Worten schlug Alberto vor, zuerst zu seiner Wohnung zu fahren, wo die beiden ein paar Nächte schlafen konnten. Alberto schwang sich auf seinen hellroten italienischen Roller und setzte sich einen offenen Jethelm mit den italienischen Farben auf. Er winkte, damit sie ihm folgten. In der nächsten halben Stunde hatten Gabriel und Erwin ordentlich Stress, um Alberto auf seinem wendigen Flitzer folgen zu können. Er wedelte zwischen den Autos durch, fuhr an den vor den roten Ampeln haltenden Auto links und rechts vorbei, um direkt an der Linie zu stehen und schaffte es immer, vor allen Autos die Kreuzung zu überqueren. Er schien seine Gäste nicht weiter zu beachten und die beiden schwitzten unter ihren Helmen, um mitzuhalten. In einer ruhigen Seitengasse blieb Alberto vor einem neueren Haus stehen und grinste übers ganze Gesicht.

»Ist schon etwas anders als in Wien, der ´traffico´. Kommt, ich mache die ´porta´ auf, dann könnt ihr eure ´motocicletti´ in den Hof stellen. Ist sicherer, über Nacht.«

Nachdem sie ihr Quartier bezogen und geduscht hatten, spazierte Alberto mit ihnen in die Innenstadt, wo sie in einer kleinen Trattoria zu Abend aßen und den lauen Abend bei ein, zwei Gläsern Wein und sehnsüchtigen Blicken auf die vorbei flanierenden hübschen Italienerinnen ausklingen ließen.

Den Montag verbrachten Erwin und Gabriel mit der Besichtigung diverser Sehenswürdigkeiten der Florenzer Altstadt, zu denen sie Alberto schleppte. Insgeheim waren sie froh nach den beiden intensiven Tagen auf den Bikes, einen Ruhetag zu haben. Sie sahen die langen Schlangen Wartender vor den Ufficien und entschieden, diese ein anderes Mal zu besichtigen und sich lieber in den Straßen die Zeit zu vertreiben.

Zum Mittagessen saßen sie in einer Pizzeria, die Alberto ausgesucht hatte.

»Ich muss euch dann mal kurz alleine lassen«, verkündete Alberto. »Ich muss Nachmittag auf die Uni. Da ist strenge Pflicht für anwesend sein, verstehst du?«

Sie verstanden. Das Deutsch von Alberto war zwar etwas holprig, aber sie waren froh, dass er es so gut sprach. Sonst hätten sie sich auf Englisch unterhalten müssen, was für alle drei noch mühsamer gewesen wäre. Und auf Italienisch konnten sie gerade mal eine Pizza, Spaghetti und Bier bestellen. Nach dem Essen tranken sie einen Espresso, so wie das laut Alberto in Italien üblich war, um den Stoffwechsel gleich wieder ordentlich in Schwung zu bringen.

»Ich muss jetzt zur Uni. Bin ab sechs Uhr wieder zu Hause«, verkündete Alberto, als er ging.

Erwin und Gabriel blieben noch etwas sitzen. Sie hatten Zeit und genossen die warmen Sonnenstrahlen.

»Morgen könnten wir ein Stück weiter nach Süden fahren«, überlegte Gabriel laut. Als Erwin, der mit geschlossenen Augen in der Sonne saß, nicht reagierte, frage er nach: »Was meinst du?«

»Ja, warum nicht? Hast du einen Plan?«

»Nur so ungefähr. Bis Pisa sind es kaum hundert Kilometer. Aber ich möchte ja keine Touristentour machen und die Sehenswürdigkeiten abklappern, sondern ins Hinterland fahren und biken«, erklärte Gabriel. »Lass uns am Abend die Karten anschauen, dann sehen wir weiter.«

Sie verbrachten den Nachmittag mit Herumbummeln in der Innenstadt. Sahen den hübschen Mädchen nach und waren sich wortlos einig, dass die Italienerinnen in ihrer frühsommerlichen, leichten Bekleidung sehr attraktiv aussahen.

Gegen fünf Uhr wurde Erwin merkbar nervös. Er sah mehrfach nach der Uhr auf seinem Handy.

»Was ist los? Warum wirst du jetzt so hektisch?«, wollte Gabriel wissen.

»Ach nichts«, wehrte Erwin ab.

Ein paar Minuten später blickte er schon wieder auf sein Handy. Dann rückte er mit der Sprache raus.

»Ah, ich treffe mich noch schnell mit einem Bekannten«, erklärte er. »Den kennst du nicht. Ich geh da alleine hin. Wir treffen uns dann bei Alberto in der Wohnung. Einverstanden?«

Als ob mir was anderes übrig bleibt, dachte Gabriel, und fragte sich, ob da vielleicht eine Frau dahinter stecken konnte. »No problem. Du hast eh dein Handy mit. Ich spaziere noch ein wenig herum.«

Als Gabriel gegen halb sieben Uhr in die Wohnung kam, saßen Alberto und Erwin am Küchentisch und tranken Wasser.

»Wir haben schon auf dich gewartet«, begrüßte Alberto ihn freundlich. Erwin machte immer noch einen nervösen Eindruck.

»Hi, wie war es?«, fragte Gabriel in die Runde.

»Tutto bene«, antwortete Alberto. Erwin schwieg.

»Ich habe eine ´sorpresa´, ´a surprise´, come si dice, äh, wie sagt man, für euch«, strahlte Alberto.

»Überraschung«, antwortete Gabriel. Erwin schien in Gedanken.

»Ja, eine Überraschung! Auf der Uni gibt es heute Abend eine ´Concerto´ mit einer Rockband. Da gehen wir hin. Die sind ´totale´ gut. Na, was sagt ihr?«

»Klingt super! Meinst du nicht auch, Erwin? Wann fängt es an?«

Gegen Mitternacht kamen sie mit vollgedröhnten Ohren zurück. Noch im Schlaf hörten sie die Drums und die E-Gitarren.

Die nächsten Tage vergingen wie im Flug. Den Dienstag verbrachten sie mit einer Tour Richtung Westen und besuchten Lucca, Pisa und das Ligurische Meer. Zurück fuhren sie über die Landstraßen nach Südosten, um sich neben der Landschaft noch die berühmten Geschlechtertürme von San Gimignano anzusehen.

Am Mittwoch verabschiedeten sie sich von Alberto und fuhren über den Passo della Consuma und den Passo di Mandrioli nach Arezzo und rüber nach Rimini, wo sie noch eine Nacht verbrachten.

Nach weiteren zwei Tagen, die sie überwiegend auf der Autobahn verbrachten, waren sie am Karfreitag zurück in Wien.

Mit wem sich Erwin am Dienstag getroffen hatte und warum ihn das so nervös gemacht hatte, blieb Gabriel verborgen. Er hatte es inzwischen längst vergessen.

- 4 -

Marko rieb sich den dunklen Dreitagebart, ein untrügliches Zeichen dafür, dass er dienstfrei hatte. Wo hatte er nur sein Handy hingelegt? Er wollte vor dem Abendessen noch schnell seine Mutter anrufen, um ihr zu sagen, dass er gut von der zweitägigen Skitour zurückgekommen war.

Seit ein paar Jahren führte die letzte Skitour der Saison Marko und seine Freunde und Bergkameraden Helli und Fritz am Wochenende zum Palmsonntag auf Großvaters Berghütte im Turrachgebiet. Seit Fritz die beiden Söhne hatte, wollte er den traditionellen Palmsonntag mit der Familie verbringen. Die Skitour musste deshalb davor oder danach erfolgen, wobei Marko auch noch seine Dienstpläne zu berücksichtigen hatte.

Da der Weg zu Großvaters Hütte, die in einer Mulde unter dem Speikkofel lag, im Winter tief verschneit war, waren sie bereits am Donnerstagnachmittag mit den Skiern und dem Gepäck zur Hütte gespurt und hatten sich dort heimelig eingerichtet. Der Abend war bei Glühwein und Bratkartoffeln mit Speck gemütlich verlaufen. Mit den alten Spielkarten hatten sie ausgelost, wer zum Holzholen rausgehen hatte müssen. Unter viel Gelächter hatte Fritz zweimal die Arschkarte gezogen. Dafür hatte Marko dann freiwillig das Auffüllen des Holzvorrates für den Morgen übernommen.

Am nächsten Tag waren sie dann auf die Breithöhe und am zweiten Tag auf den Speikkofel gestiegen, von wo sie bei der Abfahrt das restliche Gepäck aus der Hütte abgeholt hatten und bis ins Tal zum Auto runter gewedelt waren.

Seine Mutter war wie immer erleichtert, als er sich meldete. Sie war etwas ängstlich und stets besorgt, wenn Marko unterwegs war. Diesmal hörte er aber eine weitere Sorge aus ihrer Stimme.

»Also, bei mir ist alles ok!«, wollte Marko schon das Gespräch abschließen. Aber ihre Stimme hatte ihn unbewusst sensibilisiert und er hakte nach: »Gibt es sonst noch was?«

»Ich wollte dir noch sagen, dass es Großvater nicht gut geht«, unterbrach sie ihn. »Als wir gestern bei ihm waren, hat er über Schmerzen in der Brust geklagt. Dein Vater hat dann gleich den Hausarzt gerufen, der ihn untersucht hat. Er konnte jedoch nichts Genaueres sagen und hat Großvater sicherheitshalber zur Untersuchung und Beobachtung ins Spital geschickt. Wir hoffen, dass er morgen oder übermorgen wieder nach Hause kann. Wenn du morgen, am Palmsonntag, zu uns zum Mittagessen kommst, können wir ihn dann gemeinsam abholen oder zumindest besuchen«, schlug Markos Mutter vor.

»Gute Idee! So machen wir es. Und danke für die Einladung!«, sagte Marko. Er schätzte die Kochkünste seiner Mutter, die speziell für die Feiertage immer ein wunderbares Gericht der Kärntner Küche auf den Tisch zauberte.

Nach dem Telefonat war Marko nicht in der Stimmung, sich noch etwas zu kochen. Er fand im Kühlschrank ein bisschen Käse. Er belegte ein Brot damit und setzte sich zu seinem Computer, um seine Mails zu checken und seiner Schwester Kathi, die nach ihrem Studienabschluss für zwei Semester an einem Uni-Projekt in Valencia mitarbeitete, die aktuellen Familien-News zu mailen.

Anschließend las er sich noch die Terminpläne für den kriminaldienstlichen Lehrgang durch und prüfte, wann das nächste Seminar stattfinden würde. Nach einem Blick auf die Wettervorschau, die für die nächsten Tage sehr erfreulich war, stellte er den Computer auf Stand by. Übermorgen ist Saisonbeginn bei der Motorradgruppe der Polizei, freute er sich, da bekomme ich das neue Bike.

Marko Gehmaier, der eigentlich Markus hieß, war seit fast neun Jahren bei der Polizei. Als leidenschaftlicher Motorradfahrer hatte er sich vor rund sechs Jahren zur Motorradgruppe im Landespolizeikommando gemeldet, wo er nach wie vor seinen Dienst versah.

Seit dem letzten Herbst besuchte Marko den Ausbildungslehrgang für die Kriminalpolizei, für den ihn der stellvertretende Landespolizeidirektor Major Blatzer nach dem erfolgreichen Abschluss des ´Cacciatore-Falles´[1] besonders empfohlen hatte. Die Seminare und Lehrgänge für die Kripo fanden in Wien und an anderen Standorten der Sicherheitsakademie statt, zu denen er meist ein, ab und zu auch drei Mal pro Monat reisen musste.

Trotzdem musste er weiterhin seine regulären Dienste machen. So war er auch in den nächsten Tagen in der Landespolizeidirektion im Dienst.

Doch jetzt freute er sich auf seinen normalen Dienst bei der Motorradstaffel, denn es war Saisonstart. Seine private Reiseenduro war längst im Einsatz und Marko war schon ein paar Halbtage auf ihr unterwegs gewesen. Bekleidet mit der Polizeimotorradkombi fuhr er jetzt damit zur Dienststelle und stellte sie auf den überdachten

---

[1] Siehe dazu »Bike Hunting« von Vitus Boldt

Motorradparkplatz im Innenhof. Saisonbeginn bedeutete für Marko normalerweise, dass er sein Dienstmotorrad zum Service und zur technischen Überprüfung bringen musste, wo auch neue Reifen aufgezogen wurden. Doch diesmal freute er sich besonders, weil seine alte Dienstgurke im Herbst ausgemustert worden war und er ein neues Motorrad ausfassen durfte. Freudig betrat er die Kraftfahrzeugabteilung und meldete sich beim dienstführenden Kollegen.

»Ah, Kollege Gehmaier. Schon heiß auf die neue Motorradsaison?«, neckte ihn der ältere Fahrzeugtechniker, Ingenieur Gruber, der auch für die Ausgabe der neuen Fahrzeuge zuständig war. Marko kannte ihn schon einige Jahre, weil er periodisch sein Fahrzeug dort vorfahren musste.

»Ja, und ob«, bestätigte Marko seine Vorfreude. »Ist sie schon bereit?«

»Alles fix und fertig. Kommen Sie mit, wir machen zuerst den Papierkram«, spannte ihn der Ältere auf die Folter. Marko nickte und folgte dem Mann in dessen Büro. Nach ein paar Minuten hatte er die vorgeschriebene Belehrung angehört, die Papiere entgegengenommen und wartete darauf, endlich zum Motorrad zu gehen.

»Möchten Sie einen Kaffee«, fragte ihn der Kollege verschmitzt, genau wissend, dass es bei den jungen

Kerlen kaum ein Halten gab, wenn sie die neuen Motorräder bekamen.

»Nein danke! Ich würde lieber…«

Lachend unterbrach ihn der Kollege und meinte, »na, dass hätte mich auch gewundert. Dann trinke ich meinen Kaffee halt später.« Er nahm einen Schlüsselbund aus dem Schlüsseltresor neben der Tür und hielt Marko freundlich die Tür auf. »Hier entlang bitte«, gab er sich charmant wie ein Autoverkäufer.

Die Halle, in die sie traten, war blitzsauber. An den weißen Wänden standen Werkbänke, darüber waren Werkzeuge auf vorgezeichneten Schablonen ordentlich aufgereiht. Noch weiter oben hingen Poster mit Bildern von Einsatzfahrzeugen der Exekutive. Autos, Kleinbusse und Motorräder im auffälligen Design der Polizei. Auch die aktuellen Motorradmodelle waren schon gepostet. Doch all das sah Marko nur unbewusst. Sein Blick wanderte durch die Halle und blieb bei den Motorrädern hängen. Die werden mir doch nicht wieder eine alte Gurke andrehen, dachte sich Marko, als er die aufgebockten Dienstmotorräder sah. Gruber war Markos Blick gefolgt, ließ ihn aber noch einen Moment zappeln.

»Nein, das sind die Motorräder zum Servicieren. Ihres steht weiter hinten.«

Als sie um die Gruppe alter Fahrzeuge herumgegangen waren, sah Marko das neue Dienstbike. Es stand auf dem Hauptständer, glänzte frisch poliert und war offensichtlich fabrikneu. Freudig ging Marko auf das Bike zu, umrundete es, dann ging er in die Hocke, um den Motorblock und die Scheibenbremsen zu betrachten.

»Wow, sieht ja toll aus!«, freute er sich.

»Das möchte ich meinen«, bestätigte Kollege Gruber. »Wirklich ein tolles Gerät.« Er wollte schon die technischen Daten herunterleiern, doch er hielt inne. Die jungen Kerle kennen die eh alle besser als ich, dachte er sich. Er ging auf Marko zu und hob die Hand mit dem Schlüssel. Eifrig griff Marko zu, steckte ihn in das Zündschloss und schaltete die Zündung ein. Die Anzeigen leuchteten auf, die Zeiger schlugen kurz aus. »Check!«, stand auf dem Display.

»Der neue Boardcomputer«, erklärte Gruber, »checkt die Elektrik und Elektronik von den Glühlampen bis zum ABS.«

»Ich weiß!«, bestätigte Marko.

»Was Sie aber vermutlich nicht wissen«, ergänzte Gruber stolz, »ist, dass wir auch den Funk, Sirene und das Blaulicht in den Check eingeschlossen haben.«

»Ist ja super«, antwortete Marko, war aber ganz auf das Bike konzentriert.

»Also, machen Sie schon mal an«, befahl Gruber.

Marko zündete den Motor und drehte am Gasgriff.

»Sachte, sachte«, mahnte Gruber und Marko ließ den Gasgriff los. Gruber erklärte ihm die Neuheiten gegenüber dem alten Motorrad. Marko hörte geduldig zu, denn er wusste, dass Gruber sich hier strikt an die Vorschriften hielt.

Sie überprüften noch das Sprechfunkgerät, das über den Bordanschluss mit der im Helm integrierten Sprechfunkanlage verbunden war.

»Also, das war´s«, beendete Gruber die Instruktion. »Sie können jetzt losfahren. Und vergessen sie nicht die Dreier-Regel!«

»Ich weiß, dreißig Kilometer tägliches Einfahren, dreihundert für die neuen Reifen und dreitausend am Saisonbeginn, bis man richtig eingeübt ist«, lachte Marko.

»Genau! Und nach tausend sehe ich das Motorrad hier wieder, zur Einfahrtsinspektion«, bekräftigte der erfahrene Techniker. »Muss ja nicht gleich übermorgen sein«, zwinkerte er. »Gute Fahrt!«

Marko saß schon am Motorrad, hatte den Klapphelm bereits aufgesetzt und festgezogen. Er deutete einen Salut an und drückte den Gang rein. Als er langsam aus der Halle rollte, klappte er den Kinnteil des Helmes zu.

- 5 -

Die kleine Studentenrunde hatte die Vorlesungsnachbesprechung im Café Valentin bereits aufgelöst. Erwin ging mit Gabriel Richtung Parkplatz, wo sein Motorrad stand. Er schätzte es, in der Innenstadt mit dem Bike herum zu kurven. Überall kam er leicht durch und vor allem hatte er nie Parkplatzprobleme, weil er die Kurzparkzonen ignorieren konnte. Erwin wandte sich an Gabriel.

»Was machst du jetzt? Hast du was vor?«

Gabriel sah auf die Uhr seines Handys, halb eins. Clarissa hatte ihm gesagt, er solle gegen zwei Uhr zu ihr kommen. »Also ich hab nur bis halb zwei Zeit«, antwortete er und rechnete die halbe Stunde Wegzeit ein.

»Ah, schade. Ich wollte dir was zeigen«, gab sich Erwin geheimnisvoll.

»So, und was?«

»Weißt was, komm heute Abend bei mir vorbei. Dann zeige ich es dir.«

Da sein Vater, Erwin Novak senior, meist bis weit nach Mitternacht zwischen seinen Gastronomielokalen herumschwirrte, hatte der Junior praktisch immer sturmfreie Bude und nutzte das auch gerne aus. Das wusste auch Gabriel, der neugierig geworden war.

Aber jetzt freute er sich auf den Besuch bei Clarissa.

»Ist ok! Ich bin zwischen acht und neun bei dir.«

Seit er beinahe einmal Clarissas Ehemann in die Arme gelaufen wäre, war Gabriel vorsichtig geworden. Er hatte sein Motorrad eine Querstraße vor ihrem Haus angehalten und rief sie kurz an, ob alles klar war. Erst nach ihrem Okay bockte er sein Bike unweit der Einfahrt am Straßenrand auf, nahm den Helm ab und ging zum Einfahrtstor, wo er einmal lang, einmal kurz auf die Klingel drückte. Das war sein Signal, dass er sich angewöhnt hatte. Als er den Summton hörte, drückte er das Tor auf und ließ es hinter sich ins Schloss fallen. Mit ein paar flotten Schritten war er an der Haustür. Er schloss die Tür hinter sich und fühlte das aufgeregte Prickeln, das ihn in seiner Vorfreude beschlich. Er war gespannt, was sie ihm diesmal bieten würde.

Eine Sekunde lang war er stehen geblieben und horchte. Leise italienische Musik kam aus dem Wohn-zimmer. Langsam, aber mit pochendem Herzen ging er zur Tür, die nur leicht angelehnt war. Er versuchte hinein zu spähen, konnte aber Clarissa durch den Türspalt nicht sehen. Behutsam schob er die Tür mit der undurchsichtigen Verglasung weiter auf.

Er sah, wie Clarissa sich mit abgewandtem Gesicht auf der weißen Ledercouch räkelte. Sie hatte ihr dunkelblondes, von hellen Strähnen durchzogenes Haar hinten hochgesteckt und mit einer schwarzen Klammer befestigt. Um ihren schlanken Nacken glitzerte eine Kette mit schwarzen Steinen. Ein Fuß, ein Bein mit schwarzem Strumpf erschien über der ihm zugewandten Rückseite der freistehenden Couch und bildete einen starken Kontrast zum weißen Leder. Langsam ging er auf sie zu. Spannung lag in der Luft und das Blut pulsierte in seiner Hose. Als er unmittelbar hinter ihr stand, beugte er sich wortlos zu ihr. Sie fühlte seinen heißen Atem an ihrem Hals. Ein leises Stöhnen verriet ihm, dass er das Richtige tat, als seine Lippen die nackte Haut unter dem linken Ohr berührten. Sanft neigte sie den Kopf nach rechts. Sein Blick fiel auf ihr Dekolleté, das von einem Hauch schwarzen Stoffs umrahmt wurde. Die schwarze Kette umrundete den Hals und glitt in den geheimnisvollen Abgrund zwischen ihren knapp bedeckten Brüsten, die sich mit jedem ihrer tiefen Atemzüge hoben und senkten. Mit der linken Hand zog sie seinen Kopf an sich und wandte ihr Gesicht dem seinen zu. Ihr Mund öffnete sich, als seine Lippen die ihren berührten.

Kurz nach acht Uhr läutete Gabriel, seinen Helm in der Hand, an der Wohnung der Novaks. Die harten Beats der lauten Rockmusik schienen selbst die Wohnungstür noch in Vibrationen zu versetzen. Er musste dreimal läuten. Beim dritten Mal ließ er den Finger einfach auf dem Knopf, bis Erwin die Tür aufmachte.

»Sorry, ich hab dich nicht gleich gehört«, sagte Erwin sehr laut, um die Musik zu übertönen. »Los, komm rein.«

Wortlos trat Gabriel ein. Er kannte die geräumige Wohnung, in der er schon öfter gewesen war. Er stellte seinen Helm auf das Regal, hängte seine Motorradjacke auf und zog die Stiefeletten aus. Barfuß ging er zu Erwins Zimmer, aus dem neben der Musik auch zuckende Lichter auf den Dielenboden fielen. Erwin saß auf einer kleinen Couch links vom dreiteiligen Fenster, das durch dunkle Vorhänge verdeckt war. Vier Lautsprecherboxen waren im Raum verteilt, von der Decke warfen Scheinwerfer bunte Lichter in den Raum.

Erwin winkte ihm zu und deutete auf die Couch. Auf einem Tischchen standen eine Wodkaflasche, eine Schale mit Eiswürfeln und mehrere Gläser.

»Kommt sonst noch jemand?«, fragte Gabriel nach dem Blick auf die Gläser. Erwin schüttelte verneinend den Kopf, das Schütteln ging in den Rhythmus der

Musik über. »Nein, ich dachte wir beide glühen hier vor und schauen nachher noch in irgendeinen Club. «

Gabriel hatte sich gesetzt und spürte die Musik auf sich eintrommeln. Der Bass war so stark, dass er in seinem Bauch pochte.

»Nimm dir einen Drink«, forderte Erwin ihn auf und gab sich weiter dem Rhythmus hin. Gabriel zögerte, er wollte sich nicht nieder saufen. Nach ein paar Minuten füllte er sein Glas mit Eiswürfeln und goss einen Schuss Wodka drüber.

»Also, ich hab letztens in Florenz was Geiles gekauft«, begann Erwin. »Echt steil!! Du kannst dir nicht vorstellen, wie das einzieht.«

Ah, daher weht der Wind, dämmerte es Gabriel. Jetzt fiel ihm wieder ein, dass Erwin in Florenz jemanden unbedingt allein hatte treffen wollen. Er mochte die Experimente von Erwin nicht und erinnerte sich schaudernd, wie sie zusammen vor einem Discobesuch mal Ecstasy eingeworfen hatten. Zuerst hatte er sich gefühlt, als wäre er der Größte und nichts könne ihn aufhalten. Die ganze Nacht war er ekstatisch auf der Tanzfläche herum geflippt. Am darauf folgenden Tag war er dann total fertig gewesen, sein Kopf hatte gehämmert, als ob ein Schlagbohrer darauf angesetzt worden wäre. Er hatte zwar nicht schlafen können, konnte sich aber trotzdem nur mehr bruchstückhaft an den Discoabend erinnern. Die Personen vor ihm waren zu bizarren Geschöpfen verschwommen und das Zittern der Hände hatte sich erst spät am Abend wieder gelegt.

Erwin genoss die Musik, shakte auch im Sitzen mit. Zwischendurch schenkte er sich vom Wodka nach. In Gabriels Glas war das Eis geschmolzen und verdünnte den Alkohol. Die Musik gefiel ihm ganz gut, auch er ließ sich von den Rhythmen mitreißen.

Nach einer guten Stunde war auch Gabriel entspannt, der Alkohol hatte doch noch seine Wirkung getan. Er fühlte sich gut, locker. Erwin war zur Stereoanlage gegangen, um die Band zu wechseln und hatte am Rückweg mitten im Zimmer zu tanzen begonnen. Gabriel war kurz aus dem Zimmer und gesellte sich dann zu Erwin in die Zimmermitte, wo sie bald beide voll in den Beats hingen. Erwin hielt ihm seine Hand hin. Eine kleine weiße Pille war darin. Ohne lange nachzudenken steckte Gabriel sie in den Mund.

Als Erwin Novak senior gegen drei Uhr in der Früh in seine Wohnung trat, lief immer noch laute, zu laute Musik. Oh Gott, dachte er. Zum Glück sind die Nachbarn gerade auf einer Auslandsreise. Sonst hätten die sich wieder bei ihm beschwert. Er ging zu Juniors Zimmer, wo Erwin tief schlafend quer über seinem Bett lag und Gabriel auf der Couch. Er stellte die Musik ab und auch das bunte Licht erlosch. Im Schein der Dielenlampe legte er den beiden Jungs eine Decke drüber und schloss die Tür hinter sich. Er fluchte innerlich. Ich werde wieder einmal ein ernstes Wort mit dem Jungen reden müssen, nahm er sich vor.

Gegen Mittag wachte Gabriel auf. Sein Kopf dröhnte ein bisschen und sein Mund war so trocken, dass nicht einmal mehr seine Zunge am Rachen kleben blieb. Ach du liebe Scheiße, murmelte er vor sich hin. Was war denn das? Er schlich in die Küche, wo er Wasser direkt aus seiner Hand trank. Das kalte Nass erfrischte ihn. Eigentlich fühlte er sich nicht schlecht. Das Zeug war wirklich besser als das Ecstasy, das er damals mal probiert hatte. Er hatte sich gestern echt super gefühlt. Auch wenn sie nicht mehr zum Club gekommen waren.

- 6 -

Nacheinander trafen die Mitglieder der kleinen Gruppe am Freitag kurz vor neun Uhr am Treffpunkt bei einem Supermarktparkplatz im Süden von Wien ein, wo sie sich zur gemeinsamen Abfahrt für ihre Dreitagestour verabredet hatten. Novak lehnte bereits wartend an seinem fetten Chopper, als Finkhaus eintraf. Finkhaus besaß kein eigenes Bike, sondern pflegte es sich bei seinen Freunden oder, wenn dort keines verfügbar war, auch bei einem Händler auszuleihen. Diesmal lieh er sich ein Naked Bike von Josi Steinberger. Dieser kam selbst ein paar Minuten später mit seinem Cruiser angetuckert und brachte seinen Freund Günter Preisler mit, der ebenfalls auf einem Cruiser hockte. Peter Netnicky, der erfolgreiche Societyanwalt, fuhr stolz mit seinem neuen, über dreihundert Kilo schweren Reisetourer vor. Seine stämmige Figur kaschierte das leichte Übergewicht, sodass er ganz gut auf das Motorrad passte, das durch die wuchtigen Seitenkoffer ein richtiges Dickschiff genannt werden konnte. Auf einem Dickschiff gleicher Bauart und asiatischer Herkunft trudelte auch Zicula ein und gesellte sich zur Männergruppe, die seitlich von den Motorrädern zusammen stand und plauderte.

Alle schienen da zu sein, trotzdem gab niemand das Zeichen für den Aufbruch.

»Na, was ist, worauf warten wir?«, fragte Netnicky einige Minuten nach Ziculas Eintreffen.

»Wir warten noch auf Klaus und Fredl«, erklärte Novak. »Ihr wisst eh, Klaus Baier, der Steuerberater und Fredl Aschauer, der im Außenministerium als Jurist arbeitet. Ich hab sie eingeladen, mitzumachen. Ihr kennt die beiden sicher vom Sehen. Die hängen öfter in meinem »Vien a Blue« herum, nur ab und zu im Piano Rosso. Nette Kerle, ihr werdet sehen. Immer eine rechte Gaudi mit denen.«

Er hatte kaum ausgesprochen, als auch schon zwei Motorräder zu hören waren. Klaus Baier ritt auf einem älteren Modell ein, das schon fast als Oldtimer durchgehen konnte. Das Bike war aber top gepflegt und glänzte wie neu lackiert und verchromt. Nicht umsonst war Klaus sehr stolz auf seine 79-iger-Maschine. Fredl fuhr mit einer bulligen Japanerin vor. Beide stiegen ab und gingen auf die Gruppe zu. Nach ein paar Minuten hatte Novak alle miteinander bekannt gemacht und vorgeschlagen, der Einfachheit halber und weil es unter Bikern so der Brauch ist, auf das förmliche Sie zu verzichten.

»Also, ich schlage vor, wir fahren jetzt geordnet über die A2 und die Semmeringschnellstraße bis nach Gloggnitz. Vor dort fahren wir über die alte Semmeringstraße und dann das Mürztal raus, rauf bis St. Michael in der Obersteiermark. Dort machen wir mal eine Pause und schauen, wie wir weiterfahren wollen. Ist euch das so recht?«

Das war wohl eine rein rhetorische Frage, da immer alle froh waren, wenn einer den Haufen an Individualisten zusammen hielt und sich die Mühe machte, alles zu koordinieren. Und die Fünfergruppe aus dem Piano Rosso wusste, dass Erwin Novak diese Events immer bestens organisiert hatte.

»Und wenn ich geordnet sage, dann meine ich, dass es gescheit wäre, keine Rennen innerhalb der Gruppe zu fahren und nicht gleich am Anfang mit Überholmanövern zu stressen. Wenn jemand davon ziehen will, dann ist bei der Tankstelle gleich nach der Ortseinfahrt von St. Michael unser Treffpunkt. Wer fährt voraus?«, fragte er und ging bereits auf sein Bike zu.

Alle bereiteten sich auf die Abfahrt vor und als auch der letzte mit laufendem Motor an der Ausfahrt stand, hob Peter Netnicky seine linke Hand, um zu signalisieren, dass er als erster vorne fahren werde. Das war meist eine undankbare Aufgabe, weil es den einen zu langsam und anderen zu schnell ging. Aber egal. Nach der ersten Etappe würde er seinen Beitrag geleistet haben und abgelöst werden.

Nach einer knappen Stunde passierte der kleine Achterkonvoi die Autobahnausfahrt Gloggnitz und fuhr mit engagiertem Tempo über die alte Straße auf den Semmering, wo sie am großen Parkplatz eine kurze Pause für die Raucher einlegten. Erwin erklärte, dass sie in St. Michael die Auswahl hätten, über das Liesing- und das Paltental bis Trieben und dann über den Triebener Tauern nach Murau zu fahren. Von dort ginge es weiter über die Turrach am Ossiacher See vorbei nach Velden. Wieder gab es keine Einwände.

Ein anderer führte die Gruppe dann bis in die kleine Ortschaft Hohentauern auf dem Triebener Tauern, wo sie trotz des sonnigen Wetters leider noch nicht im Freien sitzen konnten, dafür aber im Gasthof Passhöhe ein hervorragendes Mittagessen einnahmen.

Im nördlich gelegenen Tal waren die Temperaturen mäßig, sodass auch keiner der Motorradfahrer Lust auf forcierteres Tempo hatte. Auf der Turracher Höhe herrschten am Wochenende nach Ostern noch beinahe winterliche Bedingungen. Der Liftbetrieb war zwar mit Ostern eingestellt worden, die Skipisten waren jedoch noch durchgängig weiß und der Bergsee war noch überwiegend zugefroren. Obwohl sie kurz anhielten, hatte niemand Lust auf eine längere Pause oder einen Kaffee. Die Herrenfahrer in den Goretexanzügen hatten weniger Probleme mit der Kälte als die beiden mit den engen Lederkombis. Den Kaffeestopp holten sie dann in Bad Kleinkirchheim nach, wo sie sich in der Nachmittagssonne aufwärmen konnten. Eineinhalb Stunden später hatten sie den Afritzer See und den Ossiacher See passiert und rollten in die Tiefgarage des ´Hotels am See´ in Velden.

Sie saßen nach dem mehrgängigen Abendessen, das auf Menükarten mit dekorativen Auszeichnungshäubchen detailliert beschrieben war, an ihrem jetzt nicht mehr ganz so festlich aussehenden Tisch. Die wenigen anderen Restaurantbesucher, meist ältere Paare, hatten sich bereits zurückgezogen.

Hinter der riesigen Panoramaverglasung präsentierte sich das abendliche Lichterspiel des Wörthersees vor den schemenhaften Bergketten im Süden. Flaschen mit Rotwein aus dem Friuli und Weißwein aus der Steiermark standen auf einem Beistelltisch bereit. Von Zeit zu Zeit erschien ein Kellner, der wortlos nachschenkte. Die Stimmung war heiter, jedoch von einer leichten Müdigkeit überdeckt.

»Also, ich finde, das war heute eine ganz nette Tour, tolle Fahrt«, lobte Josi Steinberger mehr sich selbst.

»Ja, das finde ich auch«, bestätigte Peter. »Und meine neue Maschine ist echt ein Traum. Das Gewicht habe ich kaum gespürt«, log er sich wohl selbst ein bisschen an.

»Nur über die Turrach, also das war gelinde gesagt, etwas frisch.«

»Die ist ja fast zweitausend Meter hoch.«

»Na, na. Es sind nur knapp achtzehnhundert. Aber da ist es immer frisch. Und schneesicher. Ich war da schon ein paar Mal zum Skifahren«, erklärte Werner Finkhaus, »und die warme Skiunterwäsche hätte ich heute auch locker vertragen«, fügte er lachend hinzu.

»Dafür wird es morgen heißer. Ich meine, die Wettervorschau ist einfach super. Wärmer wie heute und wenn wir von Kranjska Gora über den Vršič-Pass das Sočatal hinunter und den Passo di Pramollo, übers Nassfeld wieder zurückfahren, sind die Pässe auch nicht so hoch. Für Flachlandfahrer gäbe es die Möglichkeit zum Weißensee, über Lienz, den Millstätter und den Ossiachersee eine kleine Runde zu fahren«, erklärte Erwin Novak senior mit leicht spöttischem Unterton.

»Aber ich habe auch gemeint, dass es morgen Abend heiß wird. Da habe ich mir erlaubt, ein bisschen Musik und eine kleine Überraschung zu organisieren. Vielleicht sollten wir uns alle dafür etwas schonen«, setzte er kryptisch fort. Seine Freunde wussten oder ahnten, was er meinte und stimmten ein beinahe pubertäres Gejohle an.

»Also, ich nehme noch einen Absacker und lege mich dann ins Bett«, verkündete Zicula und gab dem Kellner ein Zeichen. »Sonst noch jemand, der einen Grappa möchte?«

Am nächsten Tag hatte sich die Gruppe tatsächlich geteilt. Fünf Biker entschieden sich für die Tour übers Dreiländereck, drei für die einfachere Tour zu den drei Seen.

An der Spitze der Fünfergruppe fuhr Fredl Aschauer seine bullige Japanerin flott über den Wurzenpass. Der etwas ungeübte Günter Preisler war von der steil abfallenden, engen Abfahrt offenbar überrascht worden und bremste vor einer unübersichtlichen Linkskurve so heftig und überraschend ab, dass ihm Josi Steinberger mit seinem Cruiser beinahe aufgefahren wäre. Auch er musste heftig in die Eisen greifen und spürte sein Vorderrad leicht wegrutschen. Das Adrenalin schoss Josi mächtig ein, sein Puls schnellte hoch. Er konnte sein Bike gerade noch ausbalancieren und fluchte in sich hinein. Ein Stückchen weiter, als sich sein Puls wieder normalisiert hatte, ließ er sich die Situation nochmals durch den Kopf gehen und kam zum Schluss, dass er einfach mehr Abstand zu diesem Anfänger halten musste. Bei der kopfsteingepflasterten Auffahrt auf den Vršič-Pass, die an schattigen Stellen noch etwas nass glänzte, erinnerte er sich an seinen Vorsatz und blieb betont weit hinter Günter zurück, was dieser unbewusst schätzte. Er musste nicht auf den Nachfolger im Rückspiegel achten und konnte sich voll auf die Kehren konzentrieren. Zurückschalten, Kupplung leicht anziehen, weit in die Kurve hinein schauen und einen Punkt an der Kurvenlinie entlang gleiten lassen, ging Günter durch Kopf, was er im Warm-up-Training geübt hatte.

Nach dem erstklassigen Abendessen im Restaurant mit der großen Panoramaverglasung begannen die Herrenfahrer einzeln oder zu zweit in die hoteleigene Kellerbar zu übersiedeln.

Hinter der gepolsterten Tür zur Bar ließ gedämpftes Licht ein paar niedrige Tische mit dicken Glasplatten erkennen, auf denen Kerzen brannten. Tiefe Fauteuils standen davor, dick gepolsterte Bänke mit dunkelrotem Stoff schmiegten sich in lauschigen Ecken an die Wand. Hinter der Bar war alles verspiegelt, sodass sich die gut sortierten Spirituosenflaschen darin ebenso spiegelten wie die Gäste, die davor am Tresen saßen. An diesem Abend waren das mehrere ausgesprochen hübsche junge Damen, die offenherzige Cocktailkleider und hochhackige Schuhe trugen. Ihre langen Beine wurden bei manch einer durch ihre halbsitzende Position auf den Barhockern noch stärker betont. Bei der einen oder anderen waren schwarze Strümpfe und helle Haut unter den kleinen, neckischen Schlitzen in den Kleidern zu erkennen.

Ihre Haare waren blond, brünett und dunkler, was in der rötlichen Beleuchtung kaum mehr zu unterscheiden war, denn alles, was nicht blond war, schien kastanienbraun zu schimmern. Vor den Damen standen Longdrinks mit Schirmchen und Halmen, die sie betont langsam und genussvoll zwischen die roten Lippen nahmen, um daran zu ziehen. Sprudelndes Geplapper und Lachen zeugte von der guten Stimmung.

Die Herrenfahrer, die langsam vom Restaurant in die Kellerbar wechselten, tröpfelten ein. Sie stellten sich zu zweit und zu dritt an die Bar und bestellten beim Barkeeper ihre Drinks, ohne einen Blick auf die am Tresen drapierten Getränkekarten werfen zu müssen. Ihre Blicke galten vielmehr den Damen, die sie dank der Spiegel mustern konnten, ohne sich ihnen direkt zuzuwenden. Der Abend war noch jung.

Später war die leise Musik fast unbemerkt etwas lauter und pulsierender geworden. Zwei Mädchen tanzten in der Mitte des Raumes unter den rhythmisch zuckenden Lichtkegeln über ihnen. Der polierte Marmorboden reflektierte nicht nur die Lichter von der Decke. Einige Männeraugen folgten jeder ihrer lasziven Bewegungen.

An der Theke hatten sich die Männer zwischen die Mädchen gemischt und den einen oder anderen Drink ausgegeben. Anfangs unterhielten sie sich zu dritt und zu viert. Das eine oder andere Paar vertiefte seine Unterhaltung bereits auf den gepolsterten Bänken an den niedrigen Tischen. Zwei der Herren tanzten mit ihren Auserwählten, wenn die Musik auf Schmachtfetzen wechselte.

Peter hatte von Susi erfahren, dass sie mit ihrer Freundin Tatjana ein paar Tage am Wörthersee ausspannte. Sie erzählte vom Spazierengehen, vom Shoppen in Velden und Klagenfurt und plauderte über das Glück, dass sie mit dem Wetter hatten. Peter schwärmte vom Motorradfahren und erzählte stolz, welche schwierigen, aber tollen Pässe er heute bereits befahren hatte. Um seine, zumindest finanzielle Potenz etwas zu betonen, ließ er dezent fallen, wie teuer sein neues Motorrad gekommen war.

In einer anderen Ecke war Werner in ein Gespräch mit einer Blondine vertieft. Ihr fröhliches Lachen zeugte von heiteren Themen mit denen sie vom Chirurgen unterhalten wurde. Beide griffen häufig zu ihren Drinks, die am Glastischchen mehrere Ringe hinterlassen hatten.

Der unscheinbare Jurist aus dem Außenministerium erwies sich als eifriger Tänzer, der in einer Dunkelhaarigen, die sich bei den langsamen Songs eng an ihn schmiegte, eine ideale Partnerin gefunden hatte.

Erwin hatte sich intensiv mit einer Brünetten unterhalten, die ihn mehr durch ihre betonte Oberweite als mit allen anderen ihrer vielen Attribute beeindruckte. Als sie kurz einmal für ´kleine Mädchen´ verschwand, nutzte Erwin die Gelegenheit, um unauffällig Süßigkeiten, die er aus einem Karton hinter der Theke genommen hatte, an seine Freunde zu verteilen. Jeder erhielt ein kleines Schokobärli, das aus der Ferne betrachtet wie ein aufgerichteter Phallus aussah, aber eben nur, wenn man nicht genau hinsah. Das Bärli stand auf einem kleinen Sockel aus Karton, den man wie bei einer Zündholzschachtel durchschieben konnte. Wie die Insider wussten und die anderen noch sehen würden, befanden sich darin zwei kleine, runde Glücksbringer in Weiß, sowie ein längliches Tablettchen in Blau. Im Karton hinter der Theke lagerte noch ausreichend Nachschub. Die Nacht war noch jung.

Nach dreiundzwanzig Uhr begann eine unauffällige Absiedelung. Zuerst verschwand Werner, nicht ohne seiner blonden Tatjana seine Zimmernummer geflüstert zu haben. Auch sie war bald darauf verschwunden. Fredl, der Jurist im Außenministerium, tanzte bald nahe am Ausgang, den er mit der dunkelhaarigen Schönheit mit einem eleganten Dreher durchstieß. Peter wollte mit Susi nur kurz an die frische Luft, aus der sie nicht in die Kellerbar zurückzurückkehrten. Andere verschwanden unbekümmert, meist pärchenweise, bis nur mehr Erwin mit der brünetten Oberweite auf dem Schoß in einem der tiefen Fauteuils knutschend übrig geblieben war. Der Barkeeper hatte bereits aufgeräumt, ließ die Musik als leise Aufforderung für die Sperrstunde verstummen und zog die Tür taktvoll hinter sich zu.

Wie zu erwarten, erschienen die Biker erst nach zehn Uhr zum Sonntagsbrunch. Alleine, versteht sich von selbst. Manch einem stand die Unausgeschlafenheit ins Gesicht geschrieben, anderen schien der Kopf bis in die Haarwurzeln zu schmerzen. Dezent vermied jeder jegliche Anmerkungen zum letzten Abend, nahm, soweit möglich, von den Köstlichkeiten vom Buffet und labte sich mit Wasser aus Kärntens Quellen und Orangensaft. Diese ruhige, fast wortlose Erholungsphase dauerte bis zur gemeinsamen Abfahrt gegen halb zwei.

Keiner aus der Gruppe hatte Lust auf der Rückfahrt nach Wien irgendwelche schönen Landstraßen oder gar herausfordernde Pässe zu befahren. Gemütlich hatte sich der kleine Motorradkonvoi auf der Autobahn in den Sonntagabendverkehr eingefädelt, wo er sich vor der Hauptstadt grußlos Abfahrt um Abfahrt, Abzweigung um Abzweigung auflöste.

- 7 -

Ein Schrei drang aus dem Untergeschoss. Gleich darauf stürzte eine erschrockene ältere Frau in Arbeitskleidung und mit Gummihandschuhen an den Händen in die Empfangshalle des Hotels am See. Der Portier am Empfang war schon aus der beschaulichen Montagmorgenarbeit hochgeschreckt und hinter seinem Pult hervorgekommen. Bevor er die Frau fragen konnte, was denn los sei, schrie diese aus Leibeskräften:

»Do is a Tote im Putzkammerl! Do is a Tote!"

Der Portier ging auf sie zu und griff ihr mit seinen Händen auf die Schultern. »Ganz ruhig, Frau Knarnig! Ganz ruhig. Was ist los?«

»Do unten, in mein Putzkammerl liegt a Tote«, stieß die geschockte Frau wieder in breitem Dialekt hervor.

Herr Wednig, seit mehr als fünfunddreißig Jahren Portier in vielen Hotels dieser Welt und durch unzählige Erlebnisse mit seinen Gästen und Kolleginnen abgebrüht, stieg ruhig, fast würdevoll über die Stiege in das Untergeschoss, um selbst nachzusehen, was er nicht glauben konnte.

Der Gang, der den Vorraum zur Kellerbar, aber auch zu den Toiletten und den Serviceräumen für die

Hausmädchen bildete, war hell erleuchtet. Die Tür zum Raum mit den Reinigungsgeräten und Putzmitteln, den Frau Knarnig als ´ihr Putzkammerl´ bezeichnete, stand halb offen. Licht schien in den Raum. Wednig stieß mit der Spitze seines auf Hochglanz polierten schwarzen Schuhs die Tür ganz auf und sah hinein.

Keine zehn Minuten später stand ein Streifenwagen mit Blaulicht in der Auffahrt des Hotels, die sonst jenen Gästen vorbehalten war, deren Limousinen vom Hausdiener in die Tiefgarage gebracht werden durften.

Zwei Polizisten standen vor dem Putzmittelraum und betrachteten die tote Person, die ausgestreckt auf dem gefliesten Boden lag und mit weit aufgerissenen Augen ins Licht der Neonröhre an der Decke starrte. Der Mund war unnatürlich weit geöffnet.

»Wir rufen die Einsatzgruppe«, sagte der ältere der beiden und meinte damit, der jüngere solle diesen Befehl ausführen.

Bald wimmelte es in der Hotelhalle und im Tiefgeschoß von Polizisten in Uniform, in Zivil und in den weißen Tatortanzügen aus Nylon, die die Leute von der Kriminaltechnik trugen. Ein älterer Herr mit weißem Haar und einer altmodischen Brille auf der Nase schob sich mit seiner Arzttasche voran durch die Umstehenden und bat um Durchlass. »Gestatten, ich bin der Pathologe.«

- 8 -

»Was haben wir?«, fragte der stellvertretende Polizeidirektor Major Blatzer in die kleine Runde, die am späten Nachmittag im Besprechungszimmer versammelt war. Da das ´Hotel am See´ eine bekannte Nobelherberge war, rechnete er mit Fragen der Presse und wollte sich über den aktuellen Ermittlungsstand informieren.

»Wie ich Sie schon per Telefon informiert habe, wurde heute Vormittag im ´Hotel am See´ in Velden eine weibliche Leiche aufgefunden. Der Doktor hat gesagt, dass sie bereits seit dreißig bis vierzig Stunden, also seit der Nacht von Samstag auf Sonntag, tot sein dürfte. Keine äußeren Verletzungen oder Merkmale von Gewalt. Möglicherweise organisches Versagen, Herz oder so etwas. Er konnte jedoch noch nicht sagen, ob es eine natürliche Todesursache war oder ob Fremdeinwirkung mitgespielt hat. Genaueres schreibt er in den Obduktionsbericht, den wir morgen bekommen«, informierte Chefinspektor Moser, der die Gruppe leitete, den Vorgesetzten.

»Da die Tote in diesem abgelegenen Putzmittelraum gefunden wurde und einen, sagen wir mal, sehr unnatürlichen Gesichtsausdruck hat, können wir Fremdeinwirkung nicht von vornherein ausschließen.

Sicherheitshalber haben wir deshalb die Spurensicherung die Fundstelle und auch das Zimmer der Toten untersuchen lassen. Da hatten wir das Glück, dass das Hotel noch nicht voll ausgelastet ist und nur jene Zimmer, die gleich wieder vergeben wurden, bereits am Sonntag serviciert wurden«, ergänzte Chefinspektor Moser. »Im Zimmer der Toten haben wir aber nur ihr Gepäck gefunden. Der Bericht der Spurensicherung fehlt natürlich noch.«

»Die Handtasche der Toten mit einem Führerschein und einem Studentenausweis haben wir in der Kellerbar gefunden. Demnach heißt sie Tatjana Navratilova, fünfundzwanzig Jahre alt, geboren in Bratislava, aber österreichische Staatsbürgerin. Wir prüfen das noch nach. Sie hatte im Hotel ein Einzelzimmer gebucht. Möglicherweise gehörte sie zu einer Gruppe mehrerer junger Frauen, die am Samstag angekommen sind. Die Buchung für sie und zwei weitere erfolgte jedenfalls auf einmal vor rund vierzehn Tagen über das Internet. Die Zahlung leisteten die drei laut Hotelmanager jeweils einzeln und bereits bei der Ankunft in bar«, ergänzte Polizeiinspektorin Mayerhofer aus ihren Rechercheergebnissen.

»Was haben die Hotelmitarbeiter gesagt?«

»Dem Portier ist nichts Besonderes aufgefallen. Sonst war da nur das Servicepersonal im Restaurant.

Die haben mehr oder weniger gleichlautend erzählt, dass die älteren Paare an ihren Stammplätzen saßen und acht Herren einen großen Tisch hatten. Die Frauen waren offenbar nicht im Restaurant, was mit der Buchung übereinstimmt, die hatten nur die Nächtigung ohne Abendessen und Frühstück bestellt.«

»Hat jemand von den anderen Gästen etwas bemerkt?«

»Wir haben mit den wenigen Gästen, die heute noch im Haus sind, gesprochen. Das sind ältere Herrschaften, die sich früh zurückgezogen haben und nichts bemerkt haben. Laut Hotelpersonal waren die acht Herren eine Gruppe Motorradfahrer, die von Freitagabend bis Sonntagmittag im Haus waren. Alle aus Wien. Von denen haben wir die Daten.«

»Tja, mehr haben wir bisher nicht«, schloss Moser. »Als nächstes überprüfen wir die beiden anderen Frauen, die mit der Toten angekommen sind. Ob die anderen fünf Frauen, die ebenfalls am Samstag angekommen waren und wie die beiden am Sonntag abgereist sind, dazugehören, konnte uns vom Hotel niemand sagen. Sie wurden lediglich hin und wieder gesehen. Wir müssen sie anhand der Meldedaten aus dem Hotelgästebuch in Wien ausfindig machen und dann befragen. Dasselbe gilt für die Bikergruppe. Und das wird noch länger dauern. Aber bevor wir uns da in die Detailarbeit stürzen, warten wir mal den Obduktionsbericht und den Bericht der Spurensicherung ab. Wenn sie sich umgebracht hat, können wir uns das sparen«, erklärte Moser pragmatisch.

»Gut. Machen Sie das«, bestätigte der Major den Vorschlag von Chefinspektor Moser. »Ach, Kollege Moser, der Kollege Gehmaier macht doch gerade die kriminaldienstliche Ausbildung. Der Lehrgangsleiter hat gebeten, die Kursteilnehmer möglichst in die Praxis miteinzubeziehen, damit diese dann die Fälle in den Seminaren bearbeiten können. Spricht etwas dagegen, wenn Gehmaier bei dem Fall mitarbeitet, falls wir die Sache nach dem Obduktionsbericht nicht abhaken können?«

»Nein, überhaupt nicht. Im Gegenteil, wir können vor allem bei den Befragungen jede Hilfe gebrauchen. Ich werde ihn informieren.«

Marko Gehmaier kam an diesem verregneten Dienstagmorgen zu seiner Dienststelle, wo er nach der dreitägigen Abwesenheit zum Innendienst eingeteilt war. Angesichts des Wetters machte ihm das nichts aus. Bei Sonnenschein wäre er lieber mit seinem neuen Dienstmotorrad im Außendienst unterwegs gewesen, da er in den letzten Tagen keine Gelegenheit dazu gehabt hatte. Denn da hatte Marko Gehmaier einen dreitägigen Seminarblock zur Kriminaltaktik in Wien besucht. Die Vorträge und

Übungen zum ermittlungstaktischen Vorgehen hatten ihn sehr interessiert.

An seinem Arbeitsplatz fand er eine Nachricht von Chefinspektor Moser vor, mit der Bitte sich dringend bei ihm zu melden. Gehmaier griff zum Telefon und wählte die Durchwahl des Chefs. Seine Sekretärin nahm den Anruf entgegen und erklärte, dass Moser bis circa neun Uhr in einer Besprechung wäre. Er solle dann gleich in Mosers Büro kommen.

»Guten Morgen, Herr Chefinspektor«, begrüßte Gehmaier seinen Vorgesetzten, als er vor dessen offener Bürotür stand.

»Morgen, Kollege Gehmaier. Gut, dass Sie schon da sind. Sie haben sicher gehört, dass gestern eine Frauenleiche im ´Hotel am See´ gefunden wurde. Wir überprüfen gerade, was da passiert ist. Der Obduktionsbericht wird gleich da sein. Wenn es kein Selbstmord oder natürlicher Tod war, sollen Sie bei diesem Fall mitarbeiten. Kommen Sie, wir gehen gleich zur Besprechung.«

Im Besprechungszimmer standen bereits Polizeiinspektorin Mayerhofer und ein Kriminaltechniker mit einem Becher Kaffee aus dem Automaten in der Hand und unterhielten sich.

»Guten Morgen«, grüßte Moser beim Betreten des Raumes. »Kollegen Gehmaier kennen Sie ja. Er ist gerade im Kriminaltechnischen Lehrgang und wird hier mitarbeiten, falls wir ermitteln müssen. Sonst lernt er gleich, dass wir Fälle rasch abschließen«, lächelte er schelmisch.

Moser setzte sich ans Tischhaupt, die anderen rechts und links von ihm.

»Also, was haben wir?«, fragte Moser in die Runde.

Mayerhofer teilte Ausdrucke des Obduktionsberichts aus, den sie kurz vor der Sitzung vom Pathologen per mail erhalten hatte. »Das ist der vorläufige O-Bericht. Der Gerichtsmediziner hat festgestellt, dass im Blut der Frau Benzodiazepine, genauer gesagt Temazepam, nachweisbar ist. Offenbar in einer derartig hohen Dosierung, dass diese zum Tod führte. Die Verabreichung erfolgte in Verbindung mit reichlich Alkohol. Sie hatte über ein Promille im Blut.«

»Das heißt eine Überdosis an K.o.-Tropfen in Verbindung mit Alkohol«, fasste Moser zusammen.

»Das ist noch nicht alles«, setzte Mayerhofer fort. »Im Magen hat er auch zwei, noch nicht ganz aufgelöste Tabletten gefunden, die offenbar Amphetamine enthalten. Eine Detailanalyse folgt noch.«

»Das heißt, sie hat auch Rauschgift genommen?«, fragte Gehmaier.

»Sieht so aus. Ein bunter Cocktail aus Drogen, K.o.-Tropfen und Alkohol«, bestätigte Moser.

»Also, wenn ich einmal überlege«, begann Gehmaier vorsichtig, »sie hat offenbar was getrunken und dann die Tabletten eingeworfen. Aber die K.o.-Tropfen wird sie sich kaum selbst verabreicht haben. Oder warum sollte sie das tun?«

»Um sich umzubringen«, mutmaßte Mayerhofer.

»Das wäre schon möglich, aber, warum hat sie dann die Drogen genommen. Oder umgekehrt: warum hat sie nicht einfach eine Überdosis von den Tabletten genommen. Warum sollte sie die K.-o.-Tropfen nachschießen?«, blieb Gehmaier hartnäckig.

»Also, ich sehe zwei Möglichkeiten«, versuchte Moser Struktur in die Diskussion zu bringen. »Erstens: sie wollte sich umbringen. Da stellen sich dann die Fragen wegen der Kombination von Tabletten und K.-o.-Tropfen. Außerdem, warum liegt sie dann in diesem Putzmittelraum? Warum macht sie das, wenn sie offenbar ein paar Tage mit den beiden anderen verbringen wollte? Oder zweitens: sie wurde umgebracht. Sie hat was getrunken und die Tabletten genommen. Dann hat ihr jemand die K.-o.-Tropfen in den Drink gegeben, um sie auszurauben und/oder sexuell zu missbrauchen.«

»Wäre möglich. Aber der hat sich dann mit der Dosis ordentlich vertan. Es sei denn, er wollte sie töten.«

Moser wandte sich nochmals an Mayerhofer. »Steht da was über eine Vergewaltigung oder so?«

»Nein. Laut dem O-Bericht gab es keinen Geschlechtsverkehr.«

»Und gegen den Raub spricht, dass wir die Handtasche mit der Geldbörse gefunden haben. Da waren noch ein paar hundert Euro drinnen. Das heißt aber nicht, dass sie nicht etwas anderes Wertvolles bei sich hatte. Zum Beispiel weitere Drogen«, mischte sich der Kriminaltechniker ein.

»Schmuck. Wie sieht es damit aus?«, fragte Moser in die Runde.

»Bei ihr haben wir nichts gefunden. Weder in der Handtasche noch im Gepäck. Nur Modeschmuck, wie sie ihn auch am Körper getragen hat. Ich glaube nicht, dass sie wertvolleren Schmuck dabei hatte.«

»Es gibt auch keine Anzeichen, dass ihr etwas vom Hals gerissen oder vom Finger gezogen wurde. Da hätte der Pathologe sicher was gefunden«, fügte Mayerhofer hinzu.

»Wie sieht es mit anderen Spuren aus?«, wandte sich Moser dem Kriminaltechniker zu.

»Im Raum, wo die Tote gefunden wurde, gibt es zahlreiche Fingerabdrücke unterschiedlicher Personen. Zu dem Raum haben aber nicht nur die Putzfrau, die die Tote gefunden hat, sondern auch alle Zimmermädchen Zutritt, weil dort alle Putzmittelvorräte lagern. Wir haben die Fingerabdrücke gesichert, aber die Auswertung, ob hausfremde dabei sind, machen wir erst, wenn weitere Ermittlungen eingeleitet werden. Das braucht dann auch Zeit, das geht nicht bis morgen. Im Zimmer der Toten gab es nur ihre Fingerabdrücke. Das haben wir schon gecheckt. Die Reinigung im Hotel ist offenbar sehr gründlich, sonst hätten wir zumindest vom Personal, vielleicht sogar von anderen Gästen Abdrücke gefunden.«

»Kann da jemand nachgewischt haben?«, fragte Gehmaier nach.

»Nein, das ist ja auszuschließen, sonst hätten wir die Abdrücke der Toten auch nicht gefunden.«

Logisch, ärgerte sich Marko Gehmaier über seine voreilige Frage.

»Scheiße, wenn die so gründlich sind, finden wir aber jetzt in den anderen Zimmern auch nichts mehr«, schlussfolgerte Moser. »Falls sie überhaupt in einem anderen Zimmer gewesen ist.«

»Und etwaige Fingerabdrücke aus der Kellerbar helfen uns auch nichts. Da sind sicher viele Leute durchgegangen, und das zu unterschiedlichsten Zeiten«, versuchte Gehmaier seinen Fehler auszumerzen.

»Korrekt«, bestätigte der Kriminaltechniker.

»Und ich kann mir auch nicht vorstellen, dass sich jemand im Putzmittelraum versteckt, um sich umzubringen«, nahm Moser nochmals diesen Faden auf. »Wir sollten prüfen, ob hausfremde Fingerabdrücke dort sind. Wenn das der Fall ist, müssen wir alle Gäste dahingehend überprüfen.«

»Apropos Kellerbar. Bei der Befragung des Personals hat sich herausgestellt, dass der Barkeeper, der Samstagabend Dienst hatte, am Sonntag nach Hause, nach Kroatien gefahren ist. Angeblich wegen eines Begräbnisses. Könnte sich der verdrückt haben?«, fragte Mayerhofer halblaut.

»Das wäre eine Möglichkeit«, bestätigte Moser. »Haben wir die Daten des Mannes?«

»Ja, natürlich«, antwortete Mayerhofer.

»Aber welches Motiv sollte der gehabt haben?«, fragte Gehmaier in die Runde. »Sicher, das mit den K.-o.-Tropfen lässt viele Möglichkeiten zu. Aber wenn er zu einem Begräbnis gefahren ist, muss das schon vorher bekannt gewesen sein. Wissen wir, wann er wieder da sein soll? Und haben wir eine Möglichkeit, über die Kollegen in Kroatien herauszufinden, ob er tatsächlich dort unten ist?«

»Klar, aber das dauert«, warf Moser ein. »Fragen Sie im Hotel nach, wann er wieder da sein soll«, bat er Mayerhofer. »Wenn er nicht innerhalb der nächsten drei bis vier Tage auftaucht, können wir die Kollegen in Kroatien immer noch informieren. Einen konkreten Verdacht oder gar Beweise oder auch nur Indizien, die den Barkeeper belasten, gibt es bis dato ja nicht, oder?«

Kopfschütteln bestätigte seine Annahme.

»Gut. Ich schlage vor, wir machen mit den beiden Frauen, mit denen die Tote gekommen ist, weiter. Das lassen wir die Wiener machen.«

»Ich bin übermorgen wieder zur Ausbildung in Wien. Wenn ich schon vorher hinfahre, könnte ich die Wiener Kollegen bei den Befragungen begleiten«, schlug Gehmaier vor.

»Das ist eine gute Idee«, bestätigte Moser. »Da haben wir dann gleich Informationen aus erster Hand und Sie können sich einen Eindruck von der Arbeitsweise der Wiener machen. Ich bespreche das gleich mit dem Ermittlungsleiter in der Landespolizeidirektion Wien und avisiere Sie. Wenn diese Ermittlungen nichts ergeben, setzen wir mit der Befragung der Bikergruppe fort. Also an die Arbeit«, schloss Moser die Besprechung.

- 9 -

Als Marko am Mittwoch kurz vor halb sechs Uhr früh von seinem Handywecker aus dem tiefsten Schlaf gerissen wurde, brauchte er ein paar Minuten, um sich zu sammeln. Kurz darauf stand er vor seiner kleinen Kaffeemaschine, aus der schwarzer Kaffee heiß in eine Schale lief. Er fügte ein paar Tropfen Milch dazu, während er im Radio die Wettervorschau verfolgte. Für ganz Ostösterreich war sonniges Wetter für die nächsten drei bis vier Tage prognostiziert. Mit der Kaffeetasse in der Hand ging er zum Fenster und schaute in den Himmel. Tatsächlich war keine Wolke zu sehen.

Kurzerhand entschied er sich, statt der knapp vier Stunden dauernden Fahrt mit der Eisenbahn sein neues Dienstbike zu nehmen. Das brauchte ohnehin noch einige Kilometer bis zum Einfahrservice. Zeitlich würde es sich leicht ausgehen, weil Moser ihm noch am Vortag mitgeteilt hatte, dass er sich um dreizehn Uhr bei Chefinspektor Obertrummer in der LPD Wien melden solle, der die Ermittlungen in Wien koordinieren würde.

Marko kam noch vor dem Einsetzen des morgendlichen Berufsverkehrs aus Klagenfurt raus und fuhr zügig an St. Veit vorbei. Eine gute halbe Stunde später dachte er kurz daran, dass die Eisenbahn vielleicht doch bequemer, vor allem aber wärmer gewesen wäre, denn auf dem Perchauer Sattel hatte es kaum mehr als zehn Grad. Aber die Entscheidung war gefallen. Erst als er gegen acht Uhr bei Judenburg auf die S36 auffuhr, stieg die Temperatur in der Morgensonne an. Er dachte, einen Kaffee, oder vielleicht besser einen Tee, verdient zu haben und machte eine Pause bei der neuen Raststätte neben der Murtalschnellstraße. Da das Restaurant rund um die Uhr eine warme Küche anbot, wählte er eine kräftige Suppe zum Aufwärmen.

Zwischen zehn und elf erreichte er bereits die Wiener Innenstadt und fuhr bis zur LPD am Schottenring entlang, wo er im Innenhof parken konnte. Er bockte sein Dienstmotorrad auf und umrundete es prüfend. Er sah nach, ob es irgendwelche Flüssigkeitsaustritte oder verdächtige Nässeflecken gab. Aber alles war in bester Ordnung. Er betrat das Gebäude und meldete sich beim Journaldienst für Chefinspektor Obertrummer als anwesend an.

Gehmaier war ein paar Minuten vor eins im Besprechungszimmer und hatte sich bereits mit den anwesenden Kollegen bekannt gemacht, als Obertrummer auf ihn zutrat, ihm die Hand reichte und begrüßte. Gleich darauf wurde er aufgefordert, den Anwesenden einen kurzen Überblick zu geben.

Zwanzig Minuten später fuhren Gehmaier und sein Wiener Kollege Pirker mit einem zivilen Auto zur Adresse einer der beiden Frauen im fünfzehnten Bezirk.

Gleich nach dem Läuten hörten die beiden jemanden an der Tür. Eine junge Frau in einem schlabbrigen Trainingsanzug öffnete ihnen.

»Ja bitte?« fragte sie freundlich.

»Guten Tag, Polizei. Das ist Herr Inspektor Gehmaier«, begrüßte der Wiener Kollege die Frau. »Mein Name ist Pirker. Sind Sie Frau Susanne Neuhauser?« Sie nickte kurz. »Dürfen wir reinkommen, wir hätten ein paar Fragen?«

Die Frau mit den rotbraunen, schulterlangen Haaren nickte nochmals kurz und trat zur Seite. Ihr Gesicht zeigte keine Überraschung oder Angst. Sie führte die beiden in die Wohnküche und fragte: »Wollen Sie sich setzen? Worum geht es?«

»Sie waren von Samstag auf Sonntag im ´Hotel am See´ in Velden?«, begann Pirker.

»Ja, warum?«, antwortete Neuhauser.

»Können Sie uns bitte sagen, wann Sie ins Hotel gekommen sind?«, setzte Pirker unbeirrt fort.

Sie dachte kurz nach und sagte, »das muss so gegen dreizehn Uhr gewesen sein.« Ihre Stimme klang entspannt.

»Waren Sie alleine?«

»Nein, ich war mit zwei Freundinnen zum Wochenende hingefahren. Können Sie mir jetzt einmal sagen, was los ist?«

»Bitte nennen Sie uns zuerst die Namen der beiden«, stieg Gehmaier ins Gespräch ein.

»Aber warum?«

»Die Namen bitte«, forderte Gehmaier mit Nachdruck in der Stimme.

»Tatjana und Milla«, antwortete Neuhauser mit leicht verärgertem Ton, »ich möchte …«

»Die vollständigen Namen, bitte«, unterbrach Pirker ihre Frage energisch.

»Tatjana Navratilova und Milla Sadilic.«

»Und wie lange sind Sie geblieben?«

»Bis Sonntagmittag.«

»Und die anderen beiden?«

»Das weiß ich nicht. Ich bin mit dem Zug um Viertel nach eins gefahren. Von den anderen weiß ich nichts.«

»Aber Sie waren doch gemeinsam hingefahren, um das Wochenende dort zu verbringen, oder?«

»Ja, schon, aber jede hatte ein eigenes Zimmer und wir wollten uns ausschlafen. Ich musste auch früher zurück, weil ich in Wien noch eine Verabredung hatte.«

»Haben Sie das Zugticket noch?«

»Ja, warten Sie«, sie stand auf, ging zu einem Schränkchen auf dem ihr Portemonnaie lag, kramte die Bahnkarte heraus und drückte sie Gehmaier in die Hand. Er notierte sich die Kennung von der Entwertung.

»Haben Sie seither etwas von den anderen beiden gehört?«, fragte Pirker weiter.

»Nein«, antwortete sie einsilbig und schien die Frage, worum es gehe, vergessen oder aufgegeben zu haben.

»Wann haben Sie die anderen beiden zuletzt gesehen?«

»Das war am Samstagabend. Wir saßen in der Kellerbar des Hotels und haben uns unterhalten.«

»Wann war das?«

»Gegen dreiundzwanzig Uhr?«

»Und dann?«, fragte Gehmaier.

»Bin ich schlafen gegangen.«

»Alleine?«, wollte Pirker wissen.

»Muss ich das alles beantworten?«, fragte sie jetzt. »Das ist doch privat und geht Sie eigentlich nichts an«, versuchte sie es abgebrüht.

»Hören Sie«, setzte Pirker fort, »Frau Tatjana Navratilova wurde im Hotel tot aufgefunden und wir wollen wissen, was passiert ist.«

Neuhauser zuckte zusammen. Sie riss ihre Augen weit auf, der Unterkiefer klappte nach unten. »Waaaas?«, fragte sie merkbar erschrocken. »Tot aufgefunden? Mein Gott, was ist ihr denn passiert?«

»Das können wir Ihnen nicht sagen. Aber Sie können uns helfen, indem Sie unsere Fragen beantworten. Als Sie gingen, waren da Frau Navratilova und Frau Sadilic noch in der Kellerbar?«

»Ja«, antwortete sie mit bedrückter Stimme.

»Wer war sonst noch dort?«

»Ein paar Herren und Frauen, die dort was getrunken und sich unterhalten haben.«

»Kannten Sie die anderen?«

»Nein, nur Tatjana und Milla.«

»Was wissen Sie über die anderen?«

»Sie meinen Tatjana und Milla?«

»Zu denen kommen wir später. Wir meinen die anderen Damen und Herren«, erklärte Gehmaier.

»Da kannte ich niemanden, also nur vom Sehen und ein bisschen Plaudern, wie es halt so ist, wenn man sich in einer Bar unterhält.«

»Können Sie uns Namen nennen?«

»Nein. Ich kenne die Leute ja nicht. Glauben Sie, ich frage jeden, mit dem ich mich kurz unterhalte, nach seinem Namen?«

Als Pirker und Gehmaier wenig später die Wohnung verließen, hatten sie kaum Informationen über die beiden anderen Frauen erhalten. Neuhauser bezeichnete sie als lose Bekanntschaften, die sich ab und zu beim Sport oder im Café trafen. Die beiden hatten ihr erzählt, dass sie übers Wochenende an den Wörthersee wollten und Neuhauser habe sich eben einfach angeschlossen.

»Und was halten Sie von Neuhauser?«, frage Pirker.

»Mir ist aufgefallen«, antwortete Gehmaier, »dass sie anfangs ruhig und gelassen war. Unsere Fragen fingen erst an sie zu beunruhigen, als wir hartnäckig nachhakten. Bei der Nachricht über Tatjana Navratilovas Tod gab sie sich erschrocken. Aber da sie dann gar nicht weiter darauf reagierte, weiß ich nicht recht, was ich davon halten soll. Für mich wirkte sie erstaunlich gelassen, möchte fast sagen, abgebrüht.«

»Mir scheint es unglaubwürdig, dass sie ohne Kontakt zu den beiden anderen abgereist ist. Ich bin gespannt, was uns die zweite erzählt.«

Als sie gleich im Anschluss zur Wohnung von Milla Sadilic fuhren, standen sie vor verschlossenen Türen.

Sie fuhren ins Büro. Um die Zeit zu nutzen, recherchierten sie aus dem Zentralen Melderegister und weiteren Quellen die Daten der Bikergruppe.

»Das scheint mir ja eine illustre Herrenrunde gewesen zu sein«, raunte Pirker, der den einen oder anderen aus den Medien oder aus dem Stadtleben kannte. »Der Novak zum Beispiel, der hat mehrere Gastronomiebetriebe in der Wiener Innenstadt. Das bekannteste ist das Piano Rosso, eine Bar. Aber auch erstklassige Restaurants und Café´s gehören dazu. Ist geschieden und gilt geschäftlich und privat als umtriebig. Oder Finkhaus, Primar Dr. Werner Finkhaus, verheiratet, ein Schönheitschirurg, der Anteile an einer Privatklinik im neunzehnten Bezirk und eine Villa am Stadtrand besitzt. Möchte nicht wissen, wie viele Busen und Riechkolben der schon verschönert hat. Besitzt auch ein paar Immobilien, wie ich gehört habe. Ein großer Zampano ist auch der Franz-Josef Steinberger, in seinen Kreisen einfach ´Josi´ genannt, Chef und Eigentümer einer Kommunikations-Agentur, die viele große Werbeetats bewegt, auch von unseren politischen Parteien, den Ministerien und einigen staatsnahen Unternehmen. Der ist auch gerne bei jedem Sauaustreiben dabei.«

»Bei dem gehört das vermutlich zum Geschäft«, warf Gehmaier ein. »Sie scheinen ja viele Leute zu kennen.«

»Klar, Wien ist zwar eine Millionenstadt, aber letztlich auch ein Dorf, wo man gewisse Leute kennt. Ich weiß auch, dass die auch alle gerne Motorrad fahren«, zwinkerte Pirker Gehmaier zu, von dessen Leidenschaft und Dienstzugehörigkeit er wusste. »Hab da mal ein Foto von einer sogenannten Charity-Ausfahrt oder so was gesehen.«

Pirker sah auf seine Uhr. »Sorry, ich muss jetzt noch zu einem lange fixierten Arzttermin. Wir fangen morgen früh an, die Liste abzuarbeiten, dann können wir auch noch einmal bei dieser Sadilic vorbei schauen. Wir treffen uns hier und fahren dann als erstes in die Klinik, vielleicht kann ich mir ja auch gleich das Gesicht bügeln lassen«, scherzte Pirker.

- 10 -

Am Mittwochabend herrschte ungewöhnliches Gedränge am Ecktisch in der Piano Rosso-Bar. Langsam waren sie eingetrudelt, doch nun war die ganze Gruppe versammelt, die am letzten Wochenende zum Wörthersee gebiked war. Fast die ganze Gruppe, denn Steinberger hatte seinen Freund Preisler quasi entschuldigt, weil dieser auf einer Geschäftsreise sei und Novak hatte gleich angefügt, dass Baier und Aschauer ja nicht zur Piano Rosso-Runde gehörten und deshalb nicht kämen.

Netnicky nippte an seinem späten Kaffee und stellte die Tasse auf den Tisch zurück. »Gut euch alle zu treffen«, sagte er so leise, dass die Gäste an den Nachbartischen ihn nicht verstehen konnten, aber laut genug, um das Gemurmel der anderen am Tisch zu unterbrechen.

»Wie ihr vermutlich in der gestrigen oder heutigen Zeitung gelesen habt, ist am Montag früh eine Frau tot im ´Hotel am See´ in Velden aufgefunden worden. Ich fand keinen Namen, keine näheren Angaben und kein Foto. Habt ihr etwas gesehen?« Niemand antwortete, der eine oder andere bewegte seinen Kopf verneinend. Netnicky sah in die Runde und fand nur betroffen drein schauende Gesichter.

»Also«, setzte er fort, »ich kann nicht sagen, ob das eine der Frauen aus der Kellerbar ist. Möglich wäre es. Es ist auch noch nichts über die Todesursache geschrieben worden. Keine Ahnung, was ihr passiert ist. Aber wir müssen auf alle Fälle vorsichtig und vorbereitet sein. Da wir im Hotel ordnungsgemäß die Gästeregistrierung ausgefüllt haben, ist leicht festzustellen, dass wir dort waren. Je nachdem, was ihr passiert ist, wird es polizeiliche Ermittlungen geben. Wenn sie sich umgebracht hat oder einen Unfall hatte, ist die Sache gleich erledigt. Aber wenn nicht, dann wird es nicht lange dauern, bis die Polizei bei jedem von uns auftauchen wird. Im einfachsten Fall wird sie jeden von uns befragen, ob demjenigen etwas aufgefallen ist, und so weiter. Deshalb ist es wichtig, dass ihr erstens, damit rechnet, dass die Bullen kommen und nicht überrascht werdet und blöd dasteht. Zweitens, sollten wir uns einig sein, was wir erzählen und was nicht. Nein, ich will euch nicht zu einer Falschaussage überreden. Aus meiner Sicht war es so: Wir haben uns nach dem Abendessen in die Kellerbar begeben, um noch etwas zu trinken. Dort waren ein paar nette Frauen, mit denen wir ins Gespräch gekommen sind und uns unterhalten haben. Wie Gentlemen haben wir natürlich auch die Getränke der Damen übernommen. Die wurden ja auf die Zimmer gebucht. Sonst war da nichts. Solange es keine direkten Fragen dazu gibt, möchte ich nichts Privates preisgeben, ihr wisst, was ich meine.«

Zustimmendes Gemurmel folgte und Finkhaus ergänzte mit ärztlichem Know how: »Nach der Zeit, die inzwischen vergangen ist, ist auch nicht mehr nachzuweisen, wie viel Alkohol oder was auch immer ihr genommen habt.«

»Also warten wir mal ab«, entschied Novak, der in seiner langjährigen Gastronomiekarriere schon manche Polizeiaktion erlebt hatte. Obwohl er die kleine Biketour mit allem Drumherum organisiert hatte, schien er sich keine Sorgen zu machen. »Josi, informiere bitte den Preisler, ich spreche mit den beiden anderen.«

Niemand wollte jetzt aufgeregt oder gar ängstlich wirken. Im Gegenteil, alles, was jetzt möglich war, hatten sie abgestimmt. Mehr schien nicht nötig. Bald unterhielten sie sich über die Niederungen von Politik und Wirtschaft, schimpften wieder einmal über die hohen Steuern, die Unfähigkeit der Politik, die Krankenkassen zu reformieren und jammerten über ihr Steuergeld, das überwiegend einer maroden Bank in Kärnten nachgeschmissen wurde.

Da es keine Information zur toten Frau gab, waren aber alle verunsichert und hofften insgeheim, nicht betroffen zu sein.

- 11 -

Der Empfangsbereich der Privatklinik lag im ersten Obergeschoß, das sie über ein paar Marmorstufen erreicht hatten. Hinter einem langen Pult mit Mahagonifront und rosa Steinplatte saßen zwei ausgesprochen hübsche Damen vor Computerbildschirmen. Als Gehmaier und Pirker ans Pult traten, stand eine auf und wandte sich an die beiden. »Guten Tag, wie kann ich Ihnen helfen?«

»Herr Inspektor Gehmaier«, deute Pirker auf seinen Kollegen, »mein Name ist Pirker, Landespolizeidirektion Wien. Wir würden gerne Herrn Dr. Finkhaus sprechen.«

»Worum geht es?«, flötete sie freundlich.

»Bedaure, das werden wir ihm dann selbst sagen. Aber es ist dringend«, unterstrich Pirker sein Begehr.

»Sekunde, ich werde nachsehen«, sagte sie und ging zu ihrem Schreibtisch, obwohl ein Telefon vor ihr am Pult stand. Pirker wechselte einen Blick mit Gehmaier, dem das auch aufgefallen war.

»Der Herr Primar beendet rasch sein Gespräch und steht Ihnen dann zur Verfügung.«

Kaum hatte sie geendet, sahen sie eine Tür aufgehen, aus der eine Dame im weißen Mantel trat, gefolgt von einem ebenfalls mit Arztkittel gekleideten

Herrn. Finkhaus kam auf sie zu, sie stellten sich vor und er führte sie in sein Büro, wo er sie bat, an einem Besprechungstisch Platz zu nehmen.

»Was kann ich für Sie tun?«, fragte Finkhaus mit leicht gönnerhaftem Ton.

»Sie waren am letzten Wochenende im ´Hotel am See´ in Velden zu Gast«, begann diesmal Gehmaier die Befragung. »Dort wurde am Montagmorgen eine Frau tot aufgefunden und wir untersuchen, was passiert ist.«

»Eine Frau, tot aufgefunden?« Finkhaus war sichtlich überrascht. »Was ist denn passiert?«, fragte er in bestürztem Ton nach.

Ohne auf die Frage einzugehen, setzte Pirker fort. »Wir sind noch am Beginn der Ermittlungen. Können Sie uns sagen, wo und wie Sie den Abend beziehungsweise die Nacht von Samstag auf Sonntag verbracht haben?«

»Wie Sie sicher schon wissen, war ich mit Freunden auf einer Motorradtour unterwegs. Wir haben im ´Hotel am See´ übernachtet. Nach dem Abendessen im Restaurant haben wir uns miteinander unterhalten und sind dann dazu in die Kellerbar gewechselt, wo es noch etwas zu trinken gab.«

»Wie lange waren Sie dort?«

»Ich bin um 23:10 Uhr schon in meinem Zimmer gewesen. Ich weiß das, weil ich auf meinem Handy noch die Mails gecheckt habe und da wird mir die Uhrzeit angezeigt. Dann habe ich geschlafen.«

Pirker griff in die Innentasche seines Sakkos und schob ein Foto über den Tisch zu Finkhaus. »Kennen Sie diese Dame?«

Finkhaus starrte auf das Foto der Toten und war kurz irritiert. Nach ein paar hundertstel Sekunden hatte er sich jedoch wieder gefangen. »Ich glaube, die war auch in der Kellerbar. Ja, ich glaube, dort habe ich sie gesehen.«

»Haben Sie auch mit ihr gesprochen?«

Finkhaus überlegte, bevor er antwortete. »Ich bin mir nicht sicher. Da waren viele Leute, die Beleuchtung war sehr gedämpft und sie hat«, er zeigte auf das Foto, »auch nicht so ausgesehen. Ich kann mich nicht so genau erinnern, weil ich auch schon was getrunken hatte«, hielt er sich alles offen. »War´s das? Ich muss dann in den OP. Eine Patientin wartet.«

Als nächstes fuhren sie nochmals zu Milla Sadilics Adresse. Diesmal hatten sie mehr Glück, denn nach dem dritten oder vierten Läuten hörten sie eine Stimme aus der Gegensprechanlage. »Ja, bitte?«

»Polizei, wir würden Ihnen gerne ein paar Fragen stellen. Bitte machen Sie uns auf«, sprach Gehmaier zur Sprechanlage gerichtet. Ein Summen ertönte und sie fuhren mit dem Lift in den vierten Stock, wo bereits eine mit Jeans und Pulli bekleidete Frau in einer Wohnungstür wartete.

»Frau Milla Sadilic?«

Sie nickte.

»Gehmaier mein Name. Das ist Kollege Pirker, Polizei. Wir hätten ein paar Fragen. Dürfen wir reinkommen?«

Nach einer knappen halben Stunde verließen sie die Wohnung wieder.

Im Auto auf dem Weg in die Innenstadt, wo sie hofften, Novak bereits am späten Vormittag in seinem Büro im Piano Rosso anzutreffen, fragte Gehmaier: »Na, was halten Sie von der Aussage Sadilics?

»Die hat genauso wenig gesagt wie die Neuhauser. Sie hat aber mitbekommen, wie die Navratilova gegen 23:00 Uhr aus der Kellerbar ging. Danach will Sadilics sie nicht mehr gesehen haben.«

»Und auf meine Frage hat sie geantwortet, dass Navratilova alleine raus gegangen sei. Interessant ist auch, dass sie, die Sadilic, lange geschlafen haben will, dann am See entlang zum Joggen war und sich danach im Wellnessbereich des Hotels entspannt hat. Sie hat gedacht, dass die anderen vielleicht auch in den Wellnessbereich nachkommen würden.«

»Aber sie verneinte, als ich fragte, ob sie dort verabredet gewesen seien. Als sie zum Siebzehnuhrzug ging und keine der anderen traf, meinte sie, diese seien schon früher gefahren.«

»Und, glauben Sie das?«, fragte Gehmaier. »Ich meine, die ganze Geschichte, dass sie sich nicht mehr trafen und auch getrennt zurückfuhren. Immerhin wollten sie das Wochenende gemeinsam dort verbringen. Und dann sehen die sich den ganzen Sonntag nicht und wissen auch nichts voneinander? Das finde ich schon komisch.«

»Andererseits ist es möglich, wenn sie wirklich nur lose Bekanntschaften sind. Sadilic war, im Gegensatz zu Neuhauser, die fast ungerührt war, zumindest ehrlich erschrocken, als sie vom Tod der Navratilova hörte, aber nicht so fertig, wie einen der Tod einer nahen Freundin gehen würde. Irgendwie bringt uns das nicht weiter. Reden wir noch mit Novak und dann fahren wir ins Büro und checken, was die Befragungen der anderen ergeben haben.«

Herr Novak saß hinter seinem Schreibtisch in einem hochlehnigen Chefsessel, die beiden Polizisten davor auf einfachen Holzstühlen.

»Also ich kann mich nur ungefähr an diese Dame erinnern«. Er tippte mit dem Finger auf das Foto, das vor ihm lag. »Da waren ja fünfzehn oder mehr Leute in der Kellerbar. Ich hab mich zuerst mit meinen Bikerkollegen unterhalten und bin dann mit einer

Dame ins Gespräch gekommen, wenn sie wissen, was ich meine. Da habe ich nicht mehr auf die anderen geachtet.«

»Wie lange waren sie dort?«

»Es muss schon nach Mitternacht gewesen sein, denn da schließt die Bar. Und der Barkeeper hat dichtgemacht, aber uns mit unseren Drinks noch dort sitzen lassen.«

»Und Sie haben nicht bemerkt, wann die Navratilova gegangen ist.«

»Nein. Hören Sie, wie gesagt, habe ich mich intensiv um meine Gesprächspartnerin gekümmert«, grinste Novak anzüglich.

Vom Auto aus telefonierte Gehmaier mit Chefinspektor Moser in Klagenfurt und berichtete, dass sie bisher nichts Relevantes herausgefunden hätten und jetzt die anderen Teams treffen würden, um zu hören, ob es bei diesen etwas Neues gab. Moser informierte ihn, dass er mit dem Barkeeper in Kroatien telefoniert habe und ihn jetzt als Verdächtigen ausschließe. Der Barkeeper werde im Laufe der nächsten Woche wieder zurück sein und dann mit ihnen sprechen. Das mit dem Begräbnis stimmte, wie die Überprüfung ergeben hatte.

Im Büro erfuhren Pirker und Gehmaier von den anderen Ermittlerteams, dass die von ihnen befragten

Herren aus der Bikergruppe auch nichts gehört oder gesehen haben wollten. Ihre Aussagen deckten sich weitgehend.

Moser, der über eine Telekonferenzschaltung an der Besprechung teilnahm, fasste zusammen: »Wir haben keinen Hinweis, keine Spur, wer mit Navratilova zusammen war oder ihr die K.-o.-Tropfen geben hätte können. Einen Selbstmord schließen wir aus, weil wir davon ausgehen, dass sie dazu entweder eine Überdosis Drogen oder die K.-o.-Tropfen genommen hätte, aber nicht diese Kombination. Gegen die beiden Begleiterinnen und die anderen Frauen, die wir bisher befragt haben, gibt es nichts Verdächtiges. Ebenso wenig bei den Bikern. Das einzig Verdächtige scheint die zu perfekt übereinstimmenden Aussagen der Herren zu sein. Aber es macht mich stutzig, dass die sehr spendabel waren und alle die Damen eingeladen haben. Laut Hotelmanager haben die Damen nämlich keinen einzigen Drink in der Kellerbar selber bezahlt. Das ist mir irgendwie zu glatt, sieht irgendwie abgesprochen oder organisiert aus. Vielleicht sollten wir da nochmals nachhaken.

- 12 -

Die folgenden Tage war Marko Gehmaier mit dem weiteren Teil seines Kriminaltechniklehrganges ausgelastet. Von früh bis spät wechselten sich theoretische Grundlagenvorträge und praktische Übungen ab. Die Sicherung von Fingerabdrücken auf unterschiedlichen Untergründen wie Glas, lackiertem Holz, Badezimmerkeramik und anderen Materialien machte ihm ebenso Spaß, wie die anschließende Recherche in den Fingerabdruckdatenbanken. So verging die Zeit sehr rasch.

Am Abend war er müde, jedoch nicht zu müde, um mit seinen Kommilitonen noch auf einen Drink in die Innenstadt zu gehen. Marko war neugierig auf das Klientel der Piano Rosso Bar und konnte seine beiden Begleiterinnen, eine Polizistin aus Salzburg und eine aus Feldkirch überreden mit ihm dort hinzugehen.

Gegen einundzwanzig Uhr war das Piano Rosso gesteckt voll. Sie hatten sich an die Bar gestellt, wo die beiden Polizistinnen an einem spritzigen Getränk aus Weißwein mit Likör mit der lustigen Bezeichnung ´Fredo´ nippten, während Marko ein großes Bier vor sich stehen hatte, aus dem er schon einen großen Zug gemacht hatte. Während der entspannten Unterhaltung mit den beiden ließ Marko immer wieder seinen Blick durch die Bar streifen, um zu sehen, ob jemand von der Altherren-Bikergruppe anwesend war. Das gestaltete sich als äußerst schwierig, weil in dem dichten Gedränge ein ständiges Kommen und Gehen herrschte. Es fiel ihm auf, dass die Gäste offenbar wohlbetuchte Businessleute aus den umliegenden Büros und Banken waren. Die Herren trugen meist dunkle Anzüge, selten Sakkos, und die Damen teure Kostüme. Er entdeckte niemanden, den er studentischen Kreisen zugeordnet hätte. Beim zweiten Getränk, das er den Damen spendierte und gleich beim Barkeeper bezahlte, wurde ihm auch das hohe Preisniveau bewusst.

Nach rund eineinhalb Stunden wollten die Damen gehen. Marko war es ein bisschen peinlich, weil er das Gefühl hatte, durch seine aufmerksame Beobachtung der anderen Gäste, seine Begleiterinnen vernachlässigt zu haben. Deshalb erklärte er ihnen auf dem Rückweg zu ihren Quartieren durch die Fußgängerzone, dass im ´Hotel am See´ in Velden eine tote Frau gefunden worden war und der Chef der Piano Rosso-Bar im besagten Zeitraum dort gewesen war. Er erzählte auch von dessen Routine, beinahe hätte er es Kaltschnäuzigkeit genannt, im Umgang mit der Polizei, als sie ihn befragt hatten. Die Kollegin aus Vorarlberg erzählte von den Erfahrungen mit K.-o.-Tropfen, die sie im Ländle gemachte hatten, die meist in Verbindung mit Raub- oder Sexualdelikten waren.

Marko erwähnte nicht, dass er sich sicher war, den Herrn Primar Finkhaus und gleich darauf auch den Society-Anwalt Netnicky durch die Bar gehen und in einem der hinteren Räume verschwinden gesehen zu haben. Was aber eigentlich auch nichts zur Sache tat.

Nach dem Lehrgangswochenende hatte Gehmaier zwei Tage dienstfrei. Da er Nachtfahrten mit dem Motorrad nicht mochte, blieb er noch über Nacht in Wien, um am nächsten Tag abseits der Autobahn die Landschaften von Niederösterreich und der Steiermark zu durchqueren und dabei sein neues Dienstmotorrad besser kennen zu lernen und einzufahren. Dass er auch wissen musste, wie sich das Bike auf Berg- und Nebenstraßen verhielt, gab ihm einen ausreichenden Grund, die Autobahn zu vermeiden.

Er hatte sich bei den Kollegen in Wien die bevorzugten Bikestrecken im Südwesten von Niederösterreich beschreiben lassen. Er fuhr über Baden und Berndorf ins Voralpenland, wo er das Kurvenverhalten auf den Serpentinen des kleinen Rohrer Sattels auslotete. Bei der ´Kalten Kuchl´, einer in der Bikerszene berüchtigten Racergegend, hatte er schon ein ganz gutes Gefühl, wie sich das Dienstbike in der Schräglage verhielt. In Mariazell machte er eine kleine Pause und ging über die paar Treppen hoch zur Basilika, um ein bisschen Bewegung mit einem Blick in die Wallfahrtskirche zu verbinden. Am Seebergsattel bei Seewiesen bekam er die Gelegenheit, die Nässeeigenschaften der neuen Reifen kennen zu lernen, weil es leicht geregnet hatte. Die Fahrbahn war spürbar schmierig und er bemerkte hin und wieder das leichte Zucken, das sein Stahlross durchlief, wenn das Hinterrad an Schlupf verlor und kurz durchdrehte. Nach Kapfenberg nahm er, eher mangels Zeit als mangels Alternativen, die Murtalschnellstraße, die er bei Zeltweg Richtung Süden verließ. Er war bereits im heimatlichen Kärnten, als er bei Bad St. Leonhard, Richtung Westen in den kleinen Graben einfuhr, um über das Klippitztörl und St. Veit an der Glan nach Klagenfurt zu cruisen, wo er am späteren Nachmittag eintraf. Knapp vor Dienstschluss stellte er sein Dienstmotorrad zufrieden in der Halle der KFZ-Technik ab. Er brachte die Schlüssel zu Ingenieur Gruber ins Büro.

»Hallo Kollege Gehmaier, ich hab mir schon gedacht, dass Sie demnächst auftauchen werden«, schmunzelte Gruber. »Und wie läuft die Neue? Alles ok?«

»Guten Abend, Herr Gruber«, beantwortete Marko den Gruß. »Ich habe es zwar nicht innerhalb von zwei, drei Tagen geschafft, wie Sie bei der Übernahme des Bikes gemeint hatten. Aber ich glaube, jetzt ist es Zeit für einen kleinen Check und frisches Öl. Alles ist in bester Ordnung, mir ist nichts aufgefallen, was zu berichten wäre«.

Sie plauderten noch ein paar Minuten und fixierten den Fertigstellungstermin, den Gehmaier für seine Dienstplanung brauchte.

- 13 -

Nach ein paar Tagen wurde ein Anruf aus dem ´Hotel am See´ zu Gehmaier weiter verbunden. Ein Herr Drago Marcic wollte ihn sprechen. Gehmaier war überrascht, dann fiel ihm ein, dass das vermutlich der Barkeeper des Hotels sein könnte. Er übernahm das Telefonat und griff nach einem Schreiber, um sich etwaige Notizen zu machen.

»Meine Name ist Drago Marcic«, begann eine sonore Stimme das Gespräch, »ich soll mich bei Ihne melden, wenn ich wieder bin in Österreich.«

»Gehmaier, Polizei Klagenfurt«, antwortete Marko, »danke für Ihren Anruf. Wie Sie vermutlich wissen, wurde im Hotel eine tote Frau im Putzmittelraum neben der Bar gefunden. Wir würden gerne von Ihnen erfahren, ob Sie etwas gehört oder gesehen haben. Können Sie dazu zu uns kommen, oder möchten Sie, dass wir zu Ihnen kommen?«

»Ich kann morgen Vormittag zu Ihne komme«, antwortete der Barkeeper mit seinem leichten Akzent.

Gehmaier machte den Termin für 10:30 Uhr fix und bedankte sich für den Anruf.

Herr Marcic war pünktlich erschienen und saß gegenüber von Polizeiinspektorin Mayerhofer und

Gehmaier im Besprechungszimmer, das wegen der Aufzeichnungsgeräte und der verspiegelten Verglasung zum Nebenraum auch als Verhörzimmer benutzt werden konnte. Sie waren bereits ins Gespräch vertieft.

»Sie wurden also vom Hotelmanager angewiesen, alle Getränke zu sammeln und dann auf die vorgegebenen Zimmernummern aufzubuchen?«, fragte Gehmaier.

»Ja, war aber einfach. Ich konnte alles sammeln und musste dann nur die Betrag aufteilen«, antwortete Marcic.

»Ist Ihnen bei den Gästen irgendetwas aufgefallen?«

»Aufgefallen? Ich weiß nix. Zuerst waren die Frauen da, sehr hübsch. Und alle jung, so Anfange zwanzig bis Mitte zwanzig. Gut angezogen. Bisschen sexy. Die Herren kamen dann später dazu.«

»Haben sich die Leute gekannt?«

»Das weiß ich nicht. Die Frauen haben ein bisschen miteinander gesprochen, dann mit den Herren. War gute Stimmung, wurde auch viel getrunken, Cocktails, Prosecco und so.«

»Können Sie sich an diese Frau erinnern?«, frage Mayerhofer und schob ein Foto der Toten über den Tisch.

»Ja, war auch dabei. Ist mit zwei anderen Damen hereingekommen und hat sich dann mit einem der Herren unterhalten.«

Mayerhofer zog ein Blatt mit Fotos aus ihrer Mappe. Sie hatte im Internet nach den Herren aus der Bikergruppe recherchiert und von den meisten Fotos auf deren Websites und in den Onlineausgaben diverser Medien gefunden.

»Können Sie uns sagen, mit welchem der Herren die Frau gesprochen hat?«

Marcic hob das Blatt hoch und sah es sich genau an. Die sechs Fotos waren mit Nummern versehen. Seine Augen wanderten mehrmals hin und her.

»Ich glaube, nein, bin sogar sicher, sie hat mit diesem gesprochen«, sagte Marcic und zeigte auf das Foto von Finkhaus, dem einzigen mit modisch geschnittenen blonden Haaren und längeren Koteletten. »Sie sind zuerst an der Bar gestanden und später an Tisch gesessen.«

»Wissen Sie, wie lange die beiden in der Kellerbar waren?«

»Das kann ich Ihne nicht genau sagen. Da waren sehr viele Leute, ich war alleine und hatte sehr viel zu tun. Ich kann mich aber erinnern, dass ich sie einmal alleine sitzen gesehen habe, gleich darauf war sie dann weg. Muss zwischen elf und zwölf gewesen sein. Um zwölf, wie ich Schluss gemacht habe, war sie nicht mehr da. Da waren nur noch ein Mann und eine Frau. Der hier«, sagte er und zeigte auf das Foto von Novak, »der war noch mit einer Frau da. Hat letztes Getränk bestellt, als ich Sperrstunde sagte.«

»Was geschah dann?«

»Ich habe die Getränke auf die Zimmer aufteilt und die Barschränke abgeschlossen. Musik aus und so. Der Herr ist dann noch sitzen geblieben, als ich ging.«

Gehmaier meinte, dass da nicht mehr kommen würde und wechselte auf ein wenig Smalltalk. »Sie sprechen sehr gut Deutsch. Sind Sie schon lange in Österreich, wenn ich Sie fragen darf?«

»Ja. Vorher war ich viele Jahre in Hamburg und dann auf Ibiza. Da waren mehr Deutsche als Einheimische. Bin ich schon ein paar Jahre in Velden. Ist näher für Nachhausefahren nach Zadar, Kroatien, wissen Sie. Außerdem gibt es hier in gutem Hotel besseres Trinkgeld. Apropos Trinkgeld. An diesem Abend habe ich nur von einem etwas bekommen. Der letzte Herr hat mir einen Geldschein in die Hemdtasche gesteckt, als ich die letzten Getränke brachte. Für die viele Arbeit, hat er gesagt. Habe dann gesehen, dass es ein hundert Euroschein war. Sehr großzügig!«

Als sich Marcic verabschiedet hatte, blieben Mayerhofer und Gehmaier noch im Besprechungszimmer.

»Na, viel hat das nicht ergeben«, meinte Mayerhofer.

»Immerhin wissen wird jetzt, dass sich die Navratilova mit dem Finkhaus unterhalten hat. Er hat das bei der Befragung in Wien so dargestellt, als ob er nur kurz mit ihr gesprochen hätte. Dabei scheint er sich länger gut amüsiert zu haben. Die Aussage von Novak hat sich auch bestätigt.«

»Guten Morgen!«, begrüßte Chefinspektor Moser Gehmaier und Mayerhofer. »Soweit ich das sehe, kommen wir im Fall der toten Frau aus dem ´Hotel am See´ nicht recht weiter. Die Befragungen der Herren in Wien hat nichts Auffälliges ergeben, die der Frauen und des Hotelpersonals auch nicht.«

»Na ja«, wandte Gehmaier ein, »der Barkeeper, Herr Marcic, hat gesagt, dass sich der Finkhaus nicht nur ein bisschen, sondern länger mit der Navratilova unterhalten hat und sogar mit ihr an einem Tisch gesessen ist. Und das heißt in dieser Kellerbar, dass das eine lauschige kleine Knutschecke ist. Außerdem wissen wir, dass die Herren sich die Getränkekosten für alle Damen geteilt haben. Der Hotelmanager hat den Barkeeper sogar angewiesen, alles zu sammeln und dann auf die Zimmer der Herren aufzuteilen. Für mich sieht das so aus, als wäre das gemeinsam organisiert gewesen. Ich glaube jedenfalls nicht, dass sich das zufällig so ergeben hat.«

»Da haben Sie recht«, bestätigte der Chefinspektor, »das ist schon auffällig. Und das ist auch ein glatter Widerspruch zu den Befragungsergebnissen in Wien, wo alle mehr oder weniger gesagt haben, dass sie sich zufällig mit den Damen getroffen und unterhalten hätten. Aber wie dem auch sei: organisiert oder nicht. Das ist ja noch kein Delikt und es hilft uns auch nicht weiter, den Tod der Navratilova aufzuklären. Wenn wir da nichts Neues finden, müssen wir das als Suizid, jedenfalls ohne Fremdeinwirkung, ad acta legen.«

»Na, vielleicht habe ich da noch was Interessantes«, ergriff Mayerhofer das Wort. »Heute habe ich den abschließenden O-Bericht erhalten. Der Pathologe schreibt darin, dass die Tote definitiv an den K.-o.-Tropfen gestorben ist. Ihr Herz hat die nunmehr festgestellte hohe Dosis in Verbindung mit dem Alkohol einfach nicht ausgehalten. Die bei der Obduktion gefundenen Tabletten haben dazu den Rest beigetragen. Sie waren aber noch gar nicht völlig aufgelöst. Wer weiß, wie die Laborwerte sonst aussehen würden. Sie sind nicht die Todesursache, können aber mitgespielt haben. Es handelt sich bei den Tabletten um eine neue synthetische Drogenart. Das ist auch ein Amphetamin, die chemische Formel können Sie hier nachlesen, falls es interessiert. Die Droge, die in Italien bereits aktenkundig ist, wurde bei uns in Österreich jedoch noch nicht sichergestellt. Die italienischen Kollegen nennen das Zeug ´White Explode´. Es ist offenbar in den Studentenkreisen von Florenz, Padua und Mailand aufgetaucht. ´White Explode´ soll so ähnlich wirken wie Ecstasy, aber ohne die für Ecstasy typischen Erinnerungslücken, Kopfschmerzen, Brechreiz und so weiter. Außerdem soll es nicht so schnell abhängig machen. Vielleicht finden wir hier eine Verbindung zu den Leuten in der Kellerbar.«

»Gut, das heißt dann wohl, dass wir es hier mit einer neuartigen Droge zu tun haben. Aber daran ist sie ja nicht gestorben. Also was hilft uns das?«, fragte Moser vor sich hin. »Versuchen wir mal ein paar Hypothesen zu bilden. Ich beginne mal: Die Navratilova hat sich einen netten Abend gemacht, ein bisschen was, oder besser gesagt, ganz ordentlich was getrunken und zwei dieser Pillen eingeworfen. Die kamen jedoch nicht zur vollen Entfaltung, weil die K.-o.-Tropfen schneller waren. Warum hat sie die genommen oder, die bessere, vielleicht auch die richtigere Frage: Wer hat ihr diese gegeben und warum?«

»Ich ergänze«, fügte Gehmaier hinzu, »und glaube, dass das Ganze so geplant war. Wir wissen, dass die Aufteilung der Getränkeabrechnung angeordnet war. Ich habe die Hypothese, dass auch die Frauen von jemandem eingeladen worden waren und den feinen Herren aus der Bikergruppe den Abend versüßen sollten. Mir fällt auch auf, dass die Verteilung von Männern und Frauen genau eins zu eins ist. Das wäre schon ein großer Zufall. Nach den Angaben des Barkeepers waren sie alle in derselben Altersgruppe zwischen zwanzig und fünfundzwanzig. Auch das wäre ein schöner Zufall, der sicher nicht der üblichen Altersstruktur der Gäste des Hotels am See entspricht.«

»D´accord«, übernahm Moser wieder. »Das heißt, irgendwer hat da was organisiert. Das betrifft die Getränke und die Damen. Aus meiner Sicht wäre dafür wohl der Novak prädestiniert, der sich in der Gastronomie und wer weiß, wo noch, auskennt. Dem sollten wir noch einmal ordentlich auf den Zahn fühlen.«

»Außerdem können wir checken, ob einer der Herren etwas mit dem Drogenmilieu zu tun hat«, meinte Mayerhofer. »Ich habe zwar schon das Strafregister abgefragt und nichts in die Richtung gefunden, aber..:«

»… aber wir könnten die Abfrage auf die Damen ausweiten«, fiel ihr Gehmaier in voller Konzentration ins Wort.

»Gute Idee«, übernahm Mayerhofer, »aber ich wollte sagen, wir können sie auch auf das Umfeld der Herren ausweiten. Die können ja Kinder im Studentenalter haben. Und – Bang! – könnte sich eine Connection auftun.«

»Ok! Das machen wir: erstens, neuerliche Befragung der Herren und der Damen betreffend der Organisation der Party. Da beginnen wir mit dem Novak. Und dann schauen wir uns das Umfeld an. Dazu machen wir eine Liste des Umfeldes der Damen und Herren«, ordnete der Chefinspektor an.

»Aha«, bestätigte Gehmaier. »Und was genau heißt das nun?«

»Also, Frau Mayerhofer macht die Listen und Sie machen mit dem Pirker in Wien die nächste Quizrunde. Ich stimme das mit den Kollegen in Wien ab. Los, an die Arbeit«, schloss Moser die Besprechung.

Wenig später informierte der Chefinspektor Gehmaier, dass Kollege Pirker die nächsten zwei Wochen in Urlaub und Zeitausgleich sei und dessen Vorgesetzter nicht jemand anderen losschicken wollte. Da keine Dringlichkeit gegeben war, hatte Moser mit den Wienern vereinbart, dass Gehmaier und Pirker die Befragungen nach dessen Rückkehr machen sollten.

- 14 -

»Hallo, hört mal her«, versuchte Erwin junior das Gemurmel der Vorlesungsnachbesprechung zu überstimmen. »Hallo, seid doch mal ruhig. Ich hab etwas für Euch!«

Langsam sank der Geräuschpegel ab und alle blickten neugierig zu Erwin, der am Rand der beiden zusammengestellten Kaffeehaustische saß.

»Also, die schlechte Nachricht ist«, versuchte er zu scherzen, »dass ich am Sonntag Geburtstag habe. Die gute ist, dass ich am Samstag eine Party mache und euch alle einlade.«

»Hey, super«, freute sich Adrian Netnicky, »ich bin dabei!«

Weitere Zustimmungen folgten.

»Ich kann leider nicht, ich fahre nach Hause«, erklärte Charly. »Wir haben eine Familienfeier«, setzte er dann zur Erklärung nach.

»Schade, aber was soll's.« In Erwins Gesicht war kein Bedauern zu erkennen. »Und wie steht es mit euch?«, wandte er sich an die Mädels Katrin, Vanessa und Julia.

»Ich kann auch nicht, sorry. Hätte ich früher wissen müssen«, bedauerte Vanessa.

Das tat Erwin ein wenig Leid, weil er nichts dagegen gehabt hätte, der großgewachsenen Burgenländerin mit den langen glatten Haaren endlich näher zu kommen. Von den dreien gefiel sie ihm am besten. Aber sie gab sich immer als unnahbare Streberin. Die beiden anderen hatten die Einladung nickend angenommen.

»Also«, setzte Erwin fort, »ich habe im Piano Rosso das Extrazimmer reserviert. Da treffen wir uns um einundzwanzig Uhr. Für Musik und Getränke ist gesorgt. Ihr müsst nur gute Laune mitbringen. Dann geht es rund«, versuchte er den Charmeur zu geben, klang aber ein wenig abgedroschen.

Am selben Abend stieg der Anwalt Peter Netnicky am Flughafen in Wien-Schwechat müde aus dem Flugzeug, das gerade aus Zürich kommend, gelandet war. Er winkte nach einem Taxi, um in die Innenstadt zu kommen. Auf der Fahrt rekapitulierte er in seinen Gedanken den Trip in die Schweiz. Er war am Vortag aufgebrochen und mit der Abendmaschine nach Zürich geflogen, wo er von einem Fahrer einer Schweizer Finanzgesellschaft abgeholt wurde. In Zug, einer der Schweizer Finanzmetropolen, hatte er seine Geschäftspartner zu einem Abendessen getroffen und erste Gespräche darüber geführt, wie der Transfer der

Gelder seines Klienten aus Kroatien in die Schweiz erfolgen könnte.

Er wusste inzwischen, dass das Geld im höheren zweistelligen Millionenbereich von einer südösterreichischen Bank für eine Immobilienfinanzierung nach Kroatien geflossen war, wo es mehrere Gesellschaften durchquerte, sich auf viele Konten aufteilte, in Immobilienentwicklungsprojekte oder zumindest deren engagierte Planungen floss, um möglichst wenig Spuren zu hinterlassen. Später sammelte sich das Geld mit ein wenig Streuungsverlusten, denn schließlich wollten kroatische und andere internationale Geschäftsleute auch ein Stück vom Kuchen, wieder auf Konten internationaler Banken, wo es nun geduldig auf seinen Transfer auf möglichst zugriffsfreie Stiftungen und Treuhandfonds wartete.

Da setzte auch seine Aufgabe an. Sein Klient vertraute auf seine Verschwiegenheitsverpflichtung und ließ sich diese auch einiges kosten. Netnicky hatte sich seine Arbeit vom Klienten großzügig honorieren lassen und konnte bei diesem Geschäftstermin im schweizerischen Zug auf Spesen des Klienten gleich seine eigenen Interessen, wenn auch in kleinerer Größenordnung, miterledigen. Er hatte als Bevollmächtigter Treuhandkonten eröffnet, Stiftungen, deren Stifter und Nutznießer anonym bleiben wollten, gegründet und viele Unterschriften geleistet, bevor er abends mit der Spätmaschine von Zürich zurück nach Wien geflogen war. Sein Gepäck war federleicht, denn nicht ein einziges Dokument zu den Transaktionen trug er bei sich.

Jetzt saß er müde im Taxi und freute sich über den Deal, der ihm eine knappe Million als Honorar einbrachte, und über seine kleine Privatinvestition in der schweigsamen Schweiz. Sein Gewissen war noch leichter als sein Gepäck, schließlich hatten auch Landeshauptleute, ja sogar ehemalige Minister, die mit Finanzen gut umgehen konnten, ähnliche Geschäfte gemacht. Und, so beruhigte er sich weiter, schließlich hatte er schon so viele Steuern und Abgaben an Vater Staat geleistet, dass dieser ruhig die paar fehlenden Millionen verschmerzen konnte, die sonst ohnehin in die endlose Sanierung irgend einer maroden Bank fließen würden.

Womit sich der Finanzkreislauf auf wunderbare Weise wieder schloss.

- 15 -

Wegen des Urlaubs von Pirker konnte Marko Gehmaier auch nicht viel tun. Er nutzte die lehrveranstaltungsfreie Zeit und kombinierte ein paar freie Tage zu einem Kurzurlaub. Er hatte seinen Freund Giuseppe Kofler, einen Carabinieri aus Bruneck in Südtirol angerufen und sich für eine Motorradtour durch Südtirol und die Schweiz verabredet. Giuseppe hatte begeistert zugestimmt.

Am Freitag, als sie sich kurz nach elf Uhr in Bruneck getroffen hatten, war Marko schon fast drei Stunden mit seinem Bike unterwegs. Nach rund zweihundert Kilometern war es ohnehin Zeit für eine kleine Pause und er freute sich auf einen italienischen Kaffee.

»Also, wir fahren durchs Gadertal nach Corvara und aufs Grödner Joch. Von dort weiter über das Sella Joch nach Canazei. Je nach Hunger und Durst machen wir dann eine Mittagspause und einen Tankstopp«, schlug Giuseppe vor.

»Ich habe vor der italienischen Grenze noch mal ordentlich aufgetankt. Du weißt ja, bei uns in Österreich ist der Sprit doch um einiges billiger«, provozierte Marko, der Giuseppe wegen der hohen Spritkosten in Italien schon öfter auf die Schaufel genommen hatte, ein wenig.

»Na, soviel geht auch nicht in deinen Tank, dass du da gleich die Millionen sparst«, frotzelte Giuseppe.

Marko lachte: »Nein, natürlich nicht. Ich wollte damit nur sagen, dass ich noch eine große Reichweite habe, weil mein Tank noch ziemlich voll ist.« Nach einer kurzen Pause setze er fort: »Außerdem geht es ums Prinzip: sparen oder nicht sparen, ist hier sozusagen die Frage«, sagte er mit ernstem Gesicht, als er Giuseppes prüfenden Blick sah, der nicht wusste, wie ernst es Marko wirklich meinte.

Wenig später fuhr Marko mit seiner deutschen Reiseenduro hinter Giuseppe auf seiner italienischen durchs Gadertal. In den Tunneln dröhnte der bollernde Sound der Italienerin noch viel stärker in Markos Ohren als auf der Freilandstraße. In Corvara bogen sie nach Westen ab und tuckerten nach ein paar Kehren gemütlich durch Kolfuschg, um dann die schöne Auffahrt auf das Grödner Joch zu genießen. Die Sonne schien warm auf den Südhang. Ein paar weiche Gussasphaltstreifen zwangen sie zur Vorsicht. Auf der Passhöhe hielten sie nicht an, sondern fuhren die ersten Tornanten runter und dann im Schatten der mächtigen Dolomitenwände der Sellagruppe entlang. Es war wenig Verkehr und Marko konzentrierte sich auf eine saubere Linie, wie es ihm am meisten Spaß machte. Er blickte sorgfältig in die Kurven und den Kurvenausgang und drückte sein Bike möglichst tief runter. Aus der Kurve heraus spürte er das kräftige Drehmoment eines Zwölfhundertermotors, das

das Bike wieder aus der Schräglage aufrichtete. Er sah nach vorne und beobachtete Giuseppes Linie. Auch sehr sauber, dachte sich Marko. Giuseppe hielt sein Bike immer auf seiner Fahrbahnhälfte, keine Kurve wurde geschnitten. Das Tempo war zügig, aber nicht gehetzt. Genauso, wie ich es mag, dachte sich Marko und freute sich auf die weitere Tour mit Giuseppe.

In Canazei rollte Giuseppe auf den Parkplatz eines kleinen Supermercato und schob seinen Klapphelm auf.

»Was hältst du davon, wenn wir uns hier eine ´Marende´ kaufen und dann am Karersee essen?«, wandte er sich an Marko.

»Gute Idee«, erwiderte Marko, der schon wusste, dass in Südtirol mit einer ´Marende´ eine herzhafte Jause gemeint war. »Ich komme mit!«

Am Karersee stellten sie ihre Helme neben sich auf eine der Bänke direkt am stillen, spiegelglatten Wasser und Giuseppe zog die Vinschgauer Brotweckerl, den Speck und etwas Käse aus dem Tankrucksack und breitete die Jause zwischen sich und Marko aus.

»Das ist so märchenhaft schön hier«, meinte Giuseppe und deutete mit dem Kinn auf den kleinen See, »dass ich bei jeder Gelegenheit hier Pause mache.«

»Echt ein Traum«, bestätigte Marko und biss vom Brot ab. Während er still da saß, starrte er nachdenklich auf die smaragdgrüne Wasseroberfläche. Die Bäume und Berggipfel spiegelten sich in Nuancen von zartgrün bis azurblau in der intensiven Farbe des Sees. In ihm stieg ein Bild aus den Tiefen seiner Erinnerungen hoch.

Das von dunklen, fast kastanienbraunen Haaren umrahmte Gesicht eines Mädchens mit genauso smaragdgrünen Augen, die ihn so leidenschaftlich ansahen, dass ihm noch heute sein Herz zu zerspringen schien. Er sah auf und seine Gedanken wurden klarer. Seine erste große Liebe war sie gewesen, damals während der Maturareise an die obere Adria. Oft hatten sie sich noch geschrieben, bis, ja, bis sie eines Tages nicht mehr auf seine Briefe geantwortet hatte.

Eine gute Stunde später waren sie durch die engen Schluchten des Eggentals, sowie durch Bozen nach Kaltern gefahren, wo sie zum Mendelpass abzweigten. Marko hatte nach Kaltern die Führung übernommen, damit Giuseppe auch einmal gemütlich hinten nachfahren konnte. Er legte ein flottes Tempo vor.

Bei einer Ausweichbucht, an einem der von Felsen überragten sehr engen Straßenstücke, fuhr er links ran und schaute über die steinerne Brüstung ins Tal. Unter ihnen lagen Kaltern und der Kalterer See, der in der Sonne glänzte. Zwei Surfer bemühten sich etwas Wind einzufangen, aber kaum ein Lüftchen bewegte sich. Richtung Süden lagen endlose Wein- und Obstgärten. Im Norden sahen sie, wie breit sich Bozen am Zusammenfluss von Etsch und Eisack ausdehnte.

Während unten im Tal die frühsommerliche Wärme deutlich zu spüren gewesen war, merkte Marko bei der Weiterfahrt, wie die Temperaturen vor der Passhöhe des Passo della Mendola buchstäblich bei jeder Kehre absanken. Später im Val Vermiglio, das sie auf dem

Weg zum Passo del Tonale durchfuhren, wurden sie wieder ordentlich aufgewärmt.

Es war schon spät geworden, als sie in Ponte di Legno in den Ortskern fuhren, um ein Quartier zu beziehen, das Giuseppe bereits reserviert hatte. Marko war völlig erschöpft, hatte er doch ein ordentliches Stück mehr zurückgelegt, als Giuseppe. Er erkannte wieder einmal, dass genau das das Problem mit den vorbestellten Zimmern war. Da musste man dann auch hin, selbst wenn er an diesem Tag gerne früher Schluss gemacht hätte. Aber was soll´s, dachte er sich. War eben schlecht ausgeredet, denn er glaubte nicht, dass Giuseppe absichtlich seine Anreise von Klagenfurt bis Bruneck vergessen hatte, für die Marko doch fast drei Stunden mehr auf dem Bike verbracht hatte. Bei einem kleinen Abendessen sprach Marko das an und sie vereinbarten, in den nächsten Tagen darauf zu achten, denn beiden war klar, dass das Risiko auf dem Bike enorm anstieg, wenn man übermüdet war.

Sie hatten sich ordentlich ausgeschlafen und waren erst kurz vor acht Uhr zum Frühstück verabredet. Giuseppe und Marko langten am Buffet ordentlich zu, um sich für den anstrengenden Tag zu stärken.

Bald danach fuhren sie von Ponte di Legno durch das Tal Richtung Norden, wo sie bald die enge, nun nur mehr einspurige, Passstraße mit den unübersichtlichen Spitzkehren erreichten. Hier auf der Südseite des Gaviapasses war der Asphalt recht neu. Die Straße war aber äußerst eng, sodass sogar kleine Autos nur sehr schwer aneinander vorbei kamen und oft der von unten kommende Fahrer lange Strecken zurückschieben musste. Nur an wenigen Stellen gab es Ausweichbuchten für den Gegenverkehr. Wehe ein Lastwagen würde einem Auto entgegenkommen. Marko erinnerte sich, wie er vor einigen Jahren mit zwei Freunden auf einer seiner ersten Biketouren diesen Pass befahren hatte. Ein großer Campingbus, der die Warnhinweise auf die teilweise nur knapp zwei Meter breite Fahrbahn nicht hatte glauben wollen, hatte sich ein gutes Stück hinaufgequält. Eine größere Gruppe Motorradfahrer war dahinter aufgelaufen. Keine Chance vorbeizukommen. Erst als der Fahrer des Campers in einer verbreiterten Stelle Platz gemacht hatte, und die Biker vorbei fahren konnten, hatte sich das Motorradgewimmel aufgelöst. Marko hätte gerne gewusst, was der Fahrer des Campers dann oben in den Engstellen getan hatte. Ob er umdrehen hatte können?

Bald kamen Giuseppe und er aus dem Waldstück heraus und über die Baumgrenze. Der Straßenbelag wurde schlechter. Sie tauchten in einen scheinbar endlos langen Tunnel ein, der stockfinster und unbeleuchtet war. Richtig unheimlich, dachte Marko. Er musste langsam fahren, da die Fahrbahn im Tunnel teilweise stark beschädigt war und er versuchen musste, die tiefen, wassergefüllten Schlaglöcher im Scheinwerferlicht zu erkennen. Dass auch noch laufend Wasser von der Tunneldecke platschte und er immer wieder das Visier so gut wie möglich abwischen musste, machte die Sache nicht unbedingt leichter. Giuseppe hinter ihm hatte es etwas einfacher, weil er zumindest sah, wo Marko den Schlaglöchern auswich.

Auf der Passhöhe wurden sie dann von einer traumhaften Aussicht auf die umliegenden Dreitausendergipfel belohnt. Sie fuhren am Lago Nero vorbei und hielten auf der Passhöhe. Im oberen See, dem Lago Bianco, spiegelten sich die kleinen weißen Wölkchen, die am tiefblauen Himmel dahin glitten. Marko war froh, dass er am Morgen seinen warmen Pulli angezogen und das Innenfutter in seinen Bikeranzug gezippt hatte, denn hier oben auf knapp über zweitausendsechshundert Meter Seehöhe war es am Vormittag trotz der Sonne sehr kalt. An den schattigen Nordhängen lagen noch dicke Schneeschichten und erinnerten an die lange Wintersperre des Gavia, die erst vor wenigen Tagen geendet hatte.

Später fuhren sie durch Bormio, mussten die Abzweigung zur Traumstrecke auf das Stilfser Joch ignorieren und sich westlich halten, um rauf über den Foscagno nach Livigno zu kommen. Der kleine Ort, hoch oben in den Bergen zwischen Bormio und St. Moritz in der Schweiz war ein echter Geheimtipp, weil es ein Zollausschlussgebiet war. Viele Touristen nutzten sommers wie winters die Gelegenheit, günstig Zigaretten, hochwertige Alkoholika, Schmuck oder Parfums zu kaufen. Dafür hatten Giuseppe und Marko keinen Sinn, aber sie hatten darauf geachtet, ihre Tanks möglichst leer zu fahren, denn auch der Treibstoff war in Livigno fast um die Hälfte billiger als in Italien. Den Tankstopp an der letzten Tankstelle vor dem Forcolapass nutzen sie für eine Pause.

Nach der Abfahrt vom Forcola ging es über den Berninapass nach St. Moritz, die Seen entlang und dann rauf auf den Julierpass, der, wie Marko von Giuseppe gehört hatte, schon von den Römern genutzt worden war. Gegen die römischen Pfade war die nun sehr schön ausgebaute Passstrasse die reinste Autobahn und verleitete den vorne fahrenden Giuseppe zu einer etwas forcierteren Fahrweise. Die Strecke von den Bergen hinunter ins Vorderrheintal verlief dagegen relativ unspektakulär. Dafür nahmen sie den kleinen Umweg in Kauf, um durch die enge Straße der Rheinschlucht zu fahren, wo sie tief unten den Glacier-Express mit dem Panoramaglasdach und ein paar Paddler in knallroten Schlauchbooten auf dem Vorderrhein sehen konnten.

Gegen Abend dieses ruhigen Samstags erreichten sie Disentis/Muster, wo sie sich zwei Zimmer suchten und vor dem Abendessen noch am alten Kloster vorbei spazierten, um sich nach den vielen Stunden auf den Eisenpferden die Beine zu vertreten. Zwischen den Feldern sahen sie eine Person mit einem Hund spielen. Ein Ball wurde geworfen und der Hund tollte hinterher. Als ihnen die korpulente Frau entgegen kam, befall sie dem Hund zu sitzen, was der mit dem Ball im Maul brav tat. Obwohl der Hund gut trainiert aussah, hechelte er und war offenbar froh, über die kurze Verschnaufpause.

»Vielleicht sollte der Hund mal den Ball werfen und das Frauchen apportieren lassen«, witzelte Giuseppe, als sie an den beiden vorbeigeschlendert waren.

»Tja, ein bisschen Sport kann niemandem schaden«, antwortete Marko mit einem Zwinkern.

Während sie sich bald nach dem Abendessen in den Betten ausstreckten, fing in Wien die Studentenparty gerade erst an.

Als Gabriel am Samstagabend gegen zehn ins Piano Rosso kam, war dort schon einiges los. Neben den Leuten aus seiner Studentenclique waren noch andere Freunde und Bekannte von Erwin junior gekommen. Einige kannte Gabriel vom Sehen aus.

Die Musik dröhnte laut aus den Boxen. Ein Typ mit einer neongrünen Baseballkappe, die er lässig schräg trug, stand an einem hohen Pult, auf dem eine Mischkonsole und ein Notebook aufgestellt waren, und drückte sich einen Kopfhörer ans Ohr. Die Getränke standen auf einem Tisch. Erwin hatte Wein, Bier und ein paar Flaschen Wodka, Rum und anderes aufstellen lassen. Zwei Burschen übten sich gerade im Mixen und schütteten allerlei in hohe Gläser. Ein paar Leute saßen an den Tischen und Bänken entlang der Wände, ein paar Mädchen und zwei Jungs tanzten in der Mitte des Raumes. Gabriel sah Erwin bei zwei Girls, die er nicht kannte und ging auf ihn zu.

»Hi und alles Gute zum Geburtstag!« Er musste fast schreien, um die laute Musik zu übertönen. Er hielt einen Umschlag in der Hand und reichte ihn an Erwin. Der nahm ihn und riss ihn auch gleich auf. Er überflog das Billett freundlich, aber rasch und zog dann zwei Konzertkarten heraus.

»Wow, das ist ja super!«, rief er echt erfreut aus, als er die Tickets für ein Konzert seiner Lieblingsband im Wiener Stadion sah. »Geil, echt geil! Danke! Da freu ich mich wirklich!«, klopfte er Gabriel auf die Schulter. »Wir gehen zusammen hin, eh klar! Einverstanden?«

»Ja, klar«, erwiderte Gabriel, der damit gerechnet hatte und deshalb beide Tickets in den Umschlag gegeben hatte.

Die Stunden vergingen. Gabriel wanderte umher, unterhielt sich mit dem einen oder anderen Freund, quatschte mit Mädchen, die ihm gefielen und zog die eine oder andere auch in die Mitte des Raumes, um sich den harten Beats hinzugeben. Keines der Mädchen konnte ihn jedoch wirklich begeistern.

Erwin dagegen schien sich bald nur mehr für eine zu interessieren. Gabriel sah, wie er anfangs mit ihr bei den Getränken stand und ihr einen Drink zusammen mixte. Sie hatte eine kleine Stupsnase und einen schön geschwungenen Mund. Kräftige Augenbrauen betonten ihre dunklen Augen. Ihr blondes Haar war sportlich kurz und frech geschnitten, fast ein bisschen provokant. Das schulterfreie Top, das sie zu engen Jeans trug, war rot-grün gemustert, dazu hochhakige Schuhe im dazu passenden Rot. Sie schien sich mit Erwin bestens zu unterhalten. Immer wieder lachte sie glucksend auf. Später tanzten sie eng umschlungen zu langsamen Latino-Rhythmen. Erwins Hände waren auf dem Weg, die Spannung der Jeans über dem Po zu prüfen. Davon war die Blonde nicht ganz so begeistert wie Erwin, denn bald darauf stand er alleine neben Gabriel.

»Na, ist sie mal für kleine Mädchen?«, erkundigte sich Gabriel spöttisch.

»Ah, Schmarrn!«, stieß Erwin hervor. »Ich wollte ein bisschen rummachen, da ist sie einfach abgedampft.«

»Sie hat mit dir wohl ´Teekochen´ gespielt?«, neckte Gabriel weiter. »Heiß aufgießen und dann kalt stehen lassen.«

Als Erwin mit den Augen funkelte, erkannte Gabriel, dass er nun aufpassen musste und versuchte die Spannung herauszunehmen. Er klopfte ihm freundschaftlich auf die Schulter und meinte: »Nimm´s nicht persönlich. Die jungen Hasen wissen eben noch nicht, was sie wollen. Das kommt erst ein bisschen später«, deutete er vielsagend an. Aber Erwin stieg nicht darauf ein.

»Ich hol uns was zu trinken«, schlug Erwin stattdessen vor. »Was willst du haben?«

»Schau ma mal«, erwiderte Gabriel im Wiener Slang, legte Erwin freundschaftlich den Arm auf die Schulter und ging mit ihm zu Bar-Ecke.

Am Tisch mit den Getränken motzten sie noch ein Weilchen über die Frauen und kamen dann irgendwie auf ihre Biketour in die Toskana zu sprechen.

»Du, ich glaub, wir sollten wieder mal eine Tour machen, meinst nicht auch?«, fragte Erwin.

»Ja, klar, jetzt kommen eh bald die langen Wochenenden«, erwiderte Gabriel. »Da würde es gut passen. Wir fixieren das gleich in den nächsten Tagen.«

»Ja, wäre super. Ich möchte wieder nach Italien.«

»Ok! Diesmal aber in die Dolomiten«, meinte Gabriel.

»Ja, und runter bis zum Gardasee«, bestätigte Erwin. »Das wäre cool!«

Es war schon kurz nach zwei Uhr in der Früh und nur mehr der harte Kern von sechs, sieben Besuchern war übrig geblieben, als eine Plastikdose für Kaugummis, wie sie an jeder Supermarktkasse zu finden ist, unauffällig von Gast zu Gast weitergegeben wurde. Die meisten von ihnen griffen kurz rein und schoben sich eine kleine weiße Tablette in den Mund. Als die Dose zu Erwin zurückkam, schob er sie unauffällig hinter dem Musikpult in eine Lade.

Die letzten Gäste gingen am späten Vormittag mit Erwin und Gabriel zu einem Brunch in einer Seitengasse hinter dem Stephansdom.

- 16 -

Marko saß im kleinen Gasthof in Disentis schon am Frühstückstisch, als Giuseppe nach unten kam. Der nahm sich Kaffee und ein Croissant mit Nougatfülle und setzte sich Marko gegenüber an den Tisch. Beide schienen gut erholt und freuten sich auf die Weiterfahrt. Marko war schon vor dem Haus gewesen und hatte den Motorölstand seiner Maschine und das Wetter gecheckt. In der Nacht hatte er den Regen heftig an sein Fenster prasseln gehört. Doch jetzt hatte er beides für in Ordnung befunden. Der Ölstand war ausreichend und am Himmel hatten sich die Wolken großteils verzogen. Soweit er sehen konnte, war auch die Straße bereits aufgetrocknet. Trotzdem nahm er sich vor, vorsichtig zu sein, denn an schattigen Stellen war es meist länger nass und rutschig.

Sie plauderten das übliche Bikerzeug über Wetter und Tourverlauf und wurden langsam munter. Als Marko sah, wie eine alte Dame am Tisch neben ihm ihr Pillendöschen öffnete und ihre Medikamente einnahm, fiel ihm wieder ein, dass er Giuseppe nach der neuen Designerdroge fragen wollte. Er schwemmte sein ´Brötli mit Chääsli´ mit einem Schluck Kaffee hinunter und sagte: »Du, ich muss die Gelegenheit nutzen und was Dienstliches fragen. Sagt dir ´White Explode´ etwas?«

Giuseppe, der den Mund gerade voll mit Nougatcroissant hatte, schüttelte wortlos den Kopf.

»Wir haben in Velden eine Tote, die zwei dieser Pillen intus hatte und vermuten, dass die möglicherweise aus Italien kommen, denn die Zusammensetzung ist bei euch bereits aktenkundig. Bei uns ist das Zeug, das so ähnlich wie Ecstasy wirkt, bisher noch nicht aufgetaucht.«

Giuseppe glotzte ihn ein paar Sekunden kauend an. »Aha, und wo in Italien ist dieses ´White Irgendwas´ registriert worden?«

»Im studentischen Umfeld von Florenz, Padua und Mailand.«

»Sagt mir momentan nichts. Hast du speziellere Fragen dazu?«

»Ja, klar. Wir wollen wissen, ob es eine Connection nach Österreich gibt. Vielleicht gibt es ja schon einen Dealerpfad von euch zu uns. Oder vielleicht gibt es irgendwelche Austauschstudenten. Österreicher, die in Italien mit Drogen erwischt wurden oder Italiener, die mit dem Zeug im Uniumfeld gefasst wurden. Das würde mir helfen.«

»Ich werde mich mal umhören. Ich muss ohnehin noch telefonieren und werde das gleich an die Kollegen weitergeben. Vielleicht können die schon etwas rausfinden bis wir wieder zurück sind.«

Der frühe Aufbruch und die kurze Anfahrt zum Oberalppass kamen ihnen entgegen. Sie waren weitgehend ohne Gegenverkehr, wo sonst viele Touristenbusse den Bikern eine zügige Fahrt vermiesten. Auf der Abfahrt sahen sie durch das Hochtal bis zum Furkapass im Westen. Wehmütig dachte Marko, dass es einfach unmöglich war, alle diese herrlichen Pässe bei einer Biketour zu befahren. In Andermatt, dem kleinen Bergdorf mit den großen touristischen Ambitionen, das am Knotenpunkt von Oberalppass, Furkapass, St. Gotthardpass und Sustenpass lag, bogen sie Richtung Norden ab, weil sie sich, statt für den Furkapass, für den Susten entschieden hatten. Nach ein paar Haarnadelkurven mit einer Baustellenregelung bogen sie links, Richtung Westen, ins Meiental, wo am Taleingang ein paar Serpentinen und Tunnel schnell nach oben ins Hochtal führten. Am Talschluss fuhr Marko sauber auf seiner Fahrbahnseite entlang und achtete sorgsam darauf, die Sperrlinie nicht zu überfahren.

Marko erinnerte sich zu gut, wie er hier einmal unbedacht einem einheimischen Biker gefolgt war. Der hatte die Ideallinie der Spitzkehren in schönster Racing-Manier ausgefahren. Doch oben auf einem kleinen Parkplatz war ein Schweizer Motorradbulle gestanden und hatte mit seiner Kelle beide freundlich rechts ran gewunken. Der Schweizer hatte gleich die Geldtasche gezückt und war bald weiter gefahren. Als der Polizist auf ihn zu gekommen war, hatte Marko unschuldig gefragt, was er denn falsch gemacht hätte.

»Sie sind über die Sperrlinie gefahren«, hatte der Schweizer in breitestem Schwitzerdütsch ausgeführt.

»Mit beiden Rädern. Das heißt, Sie waren entweder zu schnell an oder Sie können nicht Töff fahren.«

Marko hatte argumentiert, dass er bloß dem einheimischen Biker nachgefahren war. Der Bulle war stur geblieben und hatte nur gesagt, dass dieser schon gezahlt hatte.

»Das macht dreihundert Franken«, hatte der Schweizer Beamte Marko bescheinigt.

Marko, der damals gar nicht so viel Bargeld dabei gehabt hatte, hatte es mit dem Hundertfrankenschein und dem Polizeiausweis versucht. Beides war vergeblich gewesen. Der Bulle war hart geblieben und hatte gemeint, er könne ihm ja ein Taxi rufen, damit er in der nächsten Stadt Geld besorgen könne, denn weiterfahren könne er ohne zu zahlen nicht. Glücklicherweise war Marko dann seine selten benutzte Kreditkarte eingefallen und er hatte gefragt, ob es möglich wäre, damit zu zahlen.

»Das ist in der Schweiz durchaus zulässig«, hatte der Bulle sarkastisch geantwortet.

Dann hatte Marko aber noch eine gute dreiviertel Stunde warten müssen, bis der Bulle per Funk die Bestätigung erhalten hatte, dass die Kreditkarte okay war. Während der Wartezeit war der Motorradbulle auch kollegial geworden und hatte Marko erzählt, dass er bei einer Motorradtour über die Großglocknerhochalpenstraße bei einem österreichischen Polizisten ebenfalls hatte zahlen müssen, weil er vergessen hatte, bei seinem Bike das Fahrlicht anzumachen. Da war Marko alles klar geworden und er hatte sich vorgenommen, bei seinem nächsten Ausflug mit dem Dienstbike nachsichtiger zu sein.

Sie blieben auf der Passhöhe kurz stehen, um das dreieinhalbtausend Meter hohe Sustenhorn in Ruhe zu betrachten. Dann zogen sie, ohne ein weiteres Mal anzuhalten, von der Passhöhe nach Innertkirchen und gleich auf den Grimselpass. Dort legten sie eine Pause ein und spazierten ein paar Schritte am See entlang, wo Marko von seiner dreihundert Franken teuren Sustenerfahrung erzählte. Von der Passhöhe hatten sie einen wunderbaren Ausblick auf die tief unten liegende Ortschaft Gletsch, durch die gerade ein Glacier-Express fuhr, um über die Zahnradbahn auf das Furkajoch im Osten zu klettern. Guiseppe und Marko fuhren jedoch runter ins Rhonetal, wo sie sich in Ulrichen stärkten.

Giuseppe wies Marko auf die interessanten alten Bauernhöfe hin, wo manche Vorratsspeicher auf aus Steinen gemauerten Säulen standen, die oben eine breite Steinplatte als Kapitell hatten. Erst darauf standen die Holzschuppen. Die Steinplatten sollten als unüberwindbare Hindernisse die Vorratskammern vor Mäusen und anderen Nagern schützen. Als sie nach Süden blickten, sahen sie hoch oben in der Felswand immer wieder einen gelben Punkt zwischen den Bäumen aufleuchten, der sich als kleiner Schweizer Postbus erwies, der die Serpentinen vom Nufenenpass herunter fuhr.

»Da fahren wir jetzt rauf, auf geht's«, forderte Guiseppe Marko zum Losfahren auf.

Nach kurzer Fahrzeit hatten sie die ersten Kehren überwunden und konnten unten im Tal das kleine Dörfchen sehen, wo sie eben noch gerastet hatten. Ein Stück weiter tat sich eine tolle Aussicht auf die Serpentinen auf. Sie überholten zügig einen der gelben Postbusse, der mühsam durch die Spitzkehren aufwärts kroch. Marko bewunderte den Chauffeur, der die Strecke und sein Gefährt sehr gut kennen musste, so routiniert, wie der in die Kurven fuhr. Oben kippten sie die Bikes auf den Seitenständer und betrachteten das gewaltige Panorama im Norden. Nach der Hinweistafel identifizierten sie das Oberaarhorn und das dahinter liegende fast viertausenddreihundert Meter hohe Finsteraarhorn.

Die Strecke durch das Valle Leventina fühlte sich sehr lange und langweilig an. Kilometerfressen, dachte sich Marko. Vor Bellinzona verdichtete sich der Verkehr und sie mussten in einem Kreisverkehr eine Ehrenrunde drehen, weil sie die Ausfahrt zum San Bernadino-Pass übersehen hatten. Bei Mesocco wählten sie natürlich die alte Straße statt der Autobahn. Marko winkte den hinter ihm fahrenden Giuseppe vorbei. Sollte doch dieser mal wieder vorausfahren. Sie schlengelten sich die Haarnadelkurven hoch, bis sie die kleine Hochebene mit dem Ort San Bernadino erreichten. Marko wusste, dass sie noch einige Kehren vor sich hatten, bevor sie zur Passhöhe kommen würden. Dort oben blies ein kalter Wind, sodass sie nach kurzem Wortwechsel entschieden, lieber ins Tal hinunter zu fahren.

Marko erinnerte sich mit einem mulmigen Gefühl an die engen, steil hängenden Serpentinen, die sich nach Hinterrhein hinunter wanden. Bei einer früheren Tour hatte er gesehen, wie ein vor ihm fahrender, unachtsamer Motorradfahrer ein entgegenkommendes Auto zu spät bemerkt hatte und in der Rechtskehre anhalten musste. Der schwerbeladene Biker versuchte noch, die Füße auf den Boden zu stellen, doch auf der abschüssigen Fahrbahn stieg er mit dem linken Bein ins Leere, verlor das Gleichgewicht und kippte wie in Zeitlupe mit der Maschine um. Der Fahrer war gleich wieder auf den Beinen, doch Marko musste zusammen mit einem weiteren Mann helfen, das schwere Motorrad in der Kurve aufzustellen und wegzuschieben. Außer ein paar Kratzern war nichts passiert. Seitdem hatte Marko aber bei solchen Situationen immer etwas mehr Adrenalin im Blut.

Vorsichtig schaute er über den Abhang auf die untenliegende Fahrbahn, um etwaigen Gegenverkehr rechtzeitig zu sehen und blieb vorsichtshalber vor der Kehre stehen, wenn es eng zu werden schien.

Nach einer knappen Viertelstunde war die Abfahrt überstanden und Marko stieg auf dem Parkplatz an der Autobahnkreuzung neben Giuseppe vom Bike.

»Puh, der hat es schon in sich«, stöhnte Giuseppe respektvoll, während er nochmals die ober ihnen liegenden Kurven betrachtete. »Ganz schön eng.«

»Vor allem gefährlich abfallend«, bestätigte Marko, »wenn du da eng an der Innenkurve bist, bekommst du die Füße nicht mehr auf den Boden. Da kippst du einfach weg. Deshalb achte ich immer darauf, die Serpentinen in einem flotten Schwung zu durchfahren.«

»Ich muss sagen, wir sind heute schon ein ordentliches Stück gefahren, meinst du nicht auch?«

»Na und ob! Vor allem möchte ich nicht zählen, wie viele Kehren wir heute schon hinter uns gebracht haben. Und wie viele Pässe. Aber genau deswegen sind wir ja hier hergefahren, oder«, grinste Marko. »Das ist genau das Biken, auf das ich stehe.«

»Vielleicht sollten wir heute mal früher Schluss machen, was meinst du?«

»Ist ok! Wir fahren die Nebenstraße runter und schauen, ob wir vor oder nach dem Splügenpass Quartier machen, einverstanden?«, fragte Marko.

In der kleinen Ortschaft Splügen legten sie dann eine längere Pause ein. Marko ließ sich einen Schweizer Wurstsalat schmecken und stellte beim Zahlen fest, dass er gar keine Schweizer Franken in bar mithatte. Die Serviertochter, wie die Schweizer die Kellnerinnen freundlich nennen, hatte kein Problem damit. Statt der vierzehn Franken verlangte sie einfach vierzehn Euro.

»Hast du das mitbekommen?«, fragte Marko rhetorisch und sah auf die Wechselkurs-App auf seinem Handy. »Die hat die Franken eins zu eins in den Euro umgerechnet, obwohl vierzehn Franken weniger als zwölf Euro sind. Vierzehn Euro für einen Wurstsalat!« Marko war verblüfft.

»Ist halt eine Schweizer Spezialität und das Trinkgeld, dass du ihr sicher gegeben hättest, hat sie der Einfachheit halber auch gleich dazugerechnet«, zündelte Giuseppe, um dann ernsthaft fortzusetzen: »Aber ich glaube, da fragen wir lieber erst gar nicht, was hier ein Zimmer kostet.«

Der kleine Zwischenfall hatte sie aus der Lethargie gerissen und munter gemacht. Sie waren bereit noch ein Stück zu fahren.

Der Splügenpass war am späteren Nachmittag verkehrsmäßig sehr ruhig. Trotzdem passierten sie bei der Abfahrt die engen Kehren in den unbeleuchteten Tunnel mit äußerster Vorsicht, denn dort konnte man den Gegenverkehr nicht vorzeitig sehen. Noch dazu fuhren einheimische Autos oft ohne Licht in die kurzen, aber engen Tunnel. Obwohl sie darauf gefasst waren, schlug ihr Puls kräftig hoch, als in einem Tunnel plötzlich ein kleiner, unbeleuchteter Lieferwagen vor ihnen quietschend zum Stehen kam. Ohne die vorsichtige Fahrweise wäre es jetzt knapp geworden. Die Anspannung legte sich erst nach dem letzten Tunnel, talauswärts wieder. Auf der italienischen Seite, vor Chiavenna hatten sie genug und kehrten in ein kleines Albergo ein, wo sie auch zwei einfache, aber saubere Zimmer bekamen.

In der Nacht wachte Marko einmal kurz auf, als er einen Alert auf sein Handy bekam. Jenen Alert, den er letzten Sommer eingerichtet hatte, als er mit Giuseppe und Chris, der Kollegin von der Bayrischen Polizei nach dem ´Cacciatore´[2] gesucht hatte, um die illegalen Motorradwettrennen und Hetzjagden aufzuklären. Er war jedoch zu müde, um der Sache jetzt nachzugehen. Ich bin in Urlaub, waren seine letzten Gedanken, bevor er wieder in den Tiefschlaf verfiel.

Als er morgens auf sein Handy blickte, um die Uhrzeit zu sehen, sah er den Alert wieder. Ein neues Video zu seinen Stichworten ´Bike´, ´Crash´, einigen geografischen Regeln und ein paar weiteren Feinjustierungen war letzte Nacht hochgeladen worden.

Beim Frühstück erzählte er Giuseppe davon.

»Du erinnerst dich ja sicher noch an unseren ´Cacciatore-Fall´ in der letzten Bikesaison. Während wir beide dann mit Chris in Kaltern die Lösung des Falls gefeiert haben, war ein neuer Alert auf meinem Handy. Als ich den dann zu Hause geprüft habe, habe ich aber gleich gesehen, dass der nicht zum Cacciatore-Fall passte. Ich habe dann das Alert-Profil nachgeschärft.«

Giuseppe hörte aufmerksam zu. Schließlich hatten sie im Fall der mysteriösen Bikeunfälle und tödlichen Bikerhetzjagden, von denen ein perverser Typ dann auch noch Videoklipps ins Web gestellt hatte, einiges zu tun gehabt.

---

2 Siehe dazu »Bike Hunting« von Vitus Boldt

»Heute Nacht ist ein neuer Alert gekommen. Schade, dass ich hier keinen Videozugang habe. Aber, andererseits glaube ich, dass das ein Zufall ist und warten kann, bis ich wieder zu Hause bin.

»Schick mir bitte auch den Alert weiter. Ich möchte mir das auch ansehen.«

Sie hingen noch ein wenig den Erinnerungen an diesen Fall mit den toten Motorradfahrern nach, bis Marko Giuseppe aus den Gedanken riss.

»Komm, lass uns aufpacken und losfahren. Das Wetter hält und wir haben eine schöne Strecke vor uns.

Sie waren kaum warm gefahren, als sie am Talschluss die mächtige Felswand sahen, in die die Straßenbauingenieure eine sehr beeindruckende Perlenkette an Serpentinen geschlagen hatten. Eigentlich müsste man aufgehängt sagen, denn einige der Spitzkehren standen auf so dünnen Betonsäulen, dass die Fahrbahn an einigen Stellen zu schweben schien. Fahrtechnisch war der Maloja-Pass keine Herausforderung, denn die Straße, eine der wichtigsten Zubringerverbindungen ins mondäne Sankt Moritz, war so breit ausgebaut, dass selbst große Autobusse und Lastwagen mit Sattelauflieger sie leicht befahren konnten, zumindest im Sommer.

Sie fuhren an der Abzweigung zum Julierpass vorbei und durch Sankt Moritz mit seinen aufgewucherten Vororten durch. Riesige Hotelanlagen zeugten von einer finanzkräftigen Klientel. Bald hatten die beiden Freunde den Berninapass erreicht und fuhren ein paar Kehren Richtung Süden hinab, bis sie zur Abzweigung nach

Livigno mit dem Zollhäuschen an der schweizerisch-italienischen Grenze kamen. Auch in diese Richtung ist das eine echte Traumstrecke, ging es Marko durch den Kopf. Da sie auf der Rückfahrt über das Stilfser Joch fahren wollten, war die Strecke über Livigno, inklusive Tankstopp natürlich, nach Bormio die beste Alternative.

Nach einer ordentlichen Pause in Bormio fuhren sie bergauf, wobei sie rasch an Höhe gewannen und nur noch einen kurzen Blick zurück auf das in der Sonne glänzende Bormio werfen konnten. Dann wand sich die Straße hinter einem Bergrücken entlang. Kehre um Kehre folgte, unterbrochen von ein paar geraden Straßenabschnitten und kleinen Tunnel oder Überbauungen gegen Felssturz. Imposant zeigte sich der Blick auf die aufgeschichteten Serpentinen am Ende des Tals. Marko erinnerte sich, dass es um die dreißig oder fünfunddreißig Kehren waren, bis nach oben zur Passhöhe auf knapp unter zweitausendachthundert Meter Seehöhe.

In der dritten oder vierten Kehre, so genau hatte er nicht darauf geachtet, tuckerten zwei dicke, amerikanische Cruiser vor ihnen dahin. Der vorne fahrende Giuseppe drückte auf den linken Blinker und zog mit einem kurzen Schwenk am ersten vorbei. Marko folgte ihm. Er schätzte den Fahrstil Giuseppes, der immer darauf achtete, dass er beim Überholen einem nachfolgenden Biker ausreichend Platz zum Einreihen ließ und sich ganz auf den rechten Fahrbahnrand gedrückt hatte. Marko blickte nach vorne, vor das zweite amerikanische Dickschiff, und sah, dass es vor der nächste Kehre nicht mehr zu überholen war. Zu kurz war der Weg bis zur Spitzkehre und sie hatten keine Sicht nach oben. Er schaltete vor der Kehre zurück und drückte sein Bike elegant um die Ecke. Dann sah er vorne die freie Bahn und dass bis zur nächsten Kehre noch ausreichend Platz war. Giuseppe war auch schon blinkend losgezogen, Marko war ihm hinten drauf. Wie bei einem Ballett drückten sie fast zeitgleich ihre Bikes in die nächste Kehre.

Oben auf der Passhöhe standen viele Bikes und ein paar Autos.

»Oh Mann«, stöhnte Giuseppe, »ganz schön viel los heute. Und das an einem Montag.«

»Na bei dem Wetter werden sich wohl mehrere Biker das Gleiche gedacht haben, wie wir«, antwortete Marko mit einem Zwinkern. »Kannst du dich noch an den Namen des Supermotofahrers erinnern, der voriges Jahr hier bei der Abfahrt nach Prad bei einem Privatrennen den Crash gebaut hat?«

»Ja, klar. Der hieß Dani Grieser«, antwortete Guiseppe blitzschnell. »Aber ich mache hier keine Wettfahrt bis nach Prad«, versicherte er und fügte schmunzelnd hinzu, »ich will dich ja nicht frustrieren.«

»Danke, da bin ich aber froh«, entgegnete Marko gelassen. Er wusste, wie gut Giuseppe sein Bike in der Hand hatte und fand, dass er seines genauso gut beherrschte. Aber er wusste auch, dass beide für ein Privatrennen auf öffentlichen Straßen viel zu vernünftig waren.

»Also los«, forderte Marko Guiseppe auf, »lass uns die rund fünfzig Spitzkehren auf einer der weltweit schönsten Bergstraßen genießen.«

Sie waren ein gutes Drittel der Kehren hinunter gefahren, als Marko ein Licht in seinem Rückspiegel aufblitzen sah. Schon schoss ein Supersportbike kreischend an ihm vorbei. Der tief auf dem Tank liegende Racer blieb auf der Überholspur, kam aber vor der nächsten Kehre nicht am vorne fahrenden Giuseppe vorbei. Das Sandwich aus zwei Reiseenduros mit dem eingeklemmten Racebike dazwischen, wuchtete sich durch die enge Haarnadelkurve. Marko erwartete, dass der Racer gleich voll aus der Kurve röhren würde. Aber auch Giuseppe drehte ordentlich auf und nutzte das Drehmoment seiner großvolumigen Italienerin voll aus. Provokant hatte er sich in die Mitte der Fahrbahn gesetzt. Doch ein kleines Match? Marko hielt sich zurück und sah den beiden mit ein bisschen Abstand zu. Guiseppe drückte sein Bike schon in die nächste Kehre. Der Racer konnte wegen einer kleinen Gruppe entgegenkommender Motorräder nicht überholen. Guiseppe zog sein Bike schon wieder hoch, beschleunigte voll aus der Kurve, ging aber dann auf der Geraden generös vom Gas und winkte den Drängler, nachdem er ihm gezeigt hatte, dass er könnte, wenn er wollte, lässig vorbei.

Auf der Strecke durch das Vinschgau herrschte wochentags immer viel Verkehr. Sie fuhren zwischen den Apfelplantagen dahin, gönnten sich bei Naturns eine ausgiebige Mittagspause. Durch Meran spürten sie im

Stop-and-Go-Verkehr von Ampel zu Ampel die Wärme, die diese Region so auszeichnete und sogar Palmen gedeihen ließ. Dann kurvten sie über den Jaufenpass, der der letzte Pass auf dieser Tour sein sollte.

Guiseppe hatte Marko eingeladen, die letzte Nacht bei ihm zu Hause im Ahrntal zu verbringen, wo Marko ein nettes Gästezimmer zur Verfügung stand.

Während Marko die heiße Dusche genoss, hatte Guiseppe für das Abendessen Eier, Käse, Brot und Rotwein besorgt und mit dem Speck aus seiner Vorratskammer in einer alten gusseisernen Pfanne eine kräftige Eierspeise zubereitet. Diese stand nun am alten Holztisch in der rustikalen Stube und beide langten ordentlich zu. Das knusprige, frische Bauernbrot duftete mit den deftig gebratenen Eiern mit Speck und Käse um die Wette. Bald hatten sie die Gusseisenpfanne leergeputzt.

»Prost«, hob Guiseppe sein Weinglas. »Auf unsere Tour und dass alles gut gegangen ist!«

»Ja, und danke für die Einladung!« erwiderte Marko.

Die langstieligen Weingläser klirrten dezent.

Sie schwärmten noch bis spät in die Nacht über die tollen Pässe, die sie gefahren waren und durchlebten die Etappen, schluckweise vom Südtiroler Rotwein begleitet, noch einmal.

Am nächsten Vormittag kehrte Marko nach Hause zurück, wo er noch ausreichend Zeit hatte, seine Bikeausrüstung zu pflegen und zu versorgen und das Bike vom Schmutz der letzten Tage zu befreien.

Dieses Ritual war für ihn immer der fast feierliche Abschluss einer Motorradtour und er war glücklich, dass sie eine derart große Rundfahrt ohne Probleme und Zwischenfälle geschafft hatten und gesund zurückgekommen waren. Wie üblich hatte er das Bike sorgfältig gewaschen und abgeledert. Ein paar Teerspritzer am verchromten Auspuff musste er mit einem speziellen Putzmittel einlassen und wegpolieren. Abschließend prüfte er den Motorölstand und die anderen Flüssigkeitsstände und die Reifen. Er hatte schon vor der Schweiztour gesehen, dass vor allem der Hinterreifen schon knapp werden würde. Die lange Tour war sich aber noch problemlos ausgegangen. Aber jetzt war das Reifenprofil nur mehr knapp über dem Messpunkt für das Mindestprofil und Marko erkannte, dass er vor der nächsten längeren Tour neue Reifen brauchen würde.

- 17 -

An diesem Dienstagabend hatte Finkhaus einige Termine in der Stadt. Er musste sich um seine Immobilien kümmern. Eine Wohnung in der Floragasse hatte er von seiner Großmutter geerbt, eine weitere in der Margaretenstraße, in der Nähe des Karlsplatzes, die früher das Büro seines Vaters, eines Anwalts, gewesen war und eine dritte, im selben Haus, hatte er vor Jahren nach dem Tod des Bewohners von den Erben, die im Ausland waren, billig gekauft. Keine der Wohnungen war in einem hervorragenden Zustand, um nicht zu sagen, schon ordentlich abgewohnt. Aber alle lagen in einer fußläufigen Distanz zur Technischen Universität und zum U-Bahnknoten am Karlsplatz und waren deshalb sehr leicht an Studenten aus den Bundesländern zu vermieten. Offiziell waren die Mieten äußerst günstig, deckten aber nach der Buchhaltung der beauftragten Immobilienverwaltung gerade noch die Kosten. Wenn Reparaturen anstanden, musste Finkhaus sogar Geld einschießen.

Aber das machte ihm nichts aus, denn er hatte es so eingerichtet, dass er an jedem ersten Dienstag des Monats, abends, persönlich bei den Studierenden vorbei kam, um sich vom Zustand der Wohnungen zu überzeugen, wie er es nannte. Das gab ihm die Gelegenheit einen kleinen Aufschlag von meist zwei- bis dreihundert Prozent auf die offizielle Miete persönlich entgegen zu nehmen. In seltenen, wirklich seltenen Fällen, wenn hübsche Studentinnen in Rückstand geraten waren, ließ er sich dazu hinreißen, den armen Mädchen entgegenzukommen und sich mit Naturalien zufrieden zu geben.

- 18 -

Nach seinem Kurzurlaub erwartete Gehmaier an seinem Arbeitsplatz eine volle Mailbox. Sorgsam arbeitete er sich durch die elektronische Post, sortierte diverse Rundschreiben und Werbemails von Interessensvertretungen und diverse gut gemeinte Angebote nach einem kurzen Blick darauf aus, um sich dann auf die wichtigen Mails konzentrieren zu können. Die Mails, die seine kriminalistische Ausbildung betrafen, verschob er in den dafür angelegten Ordner.

Von Polizeiinspektorin Mayerhofer war ebenfalls eine Nachricht eingegangen. Darin informierte sie Moser und ihn, dass es bei den Herren der Bikergruppe und den Damen, die im ´Hotel am See´ zu Gast waren, keine Vorstrafen im Drogenbereich gäbe. Bei einer der Damen gab es jedoch einmal einen Verdacht der Geheimprostitution, da sie für ein berüchtigtes Escortservice tätig war, was jedoch ohne Konsequenzen geblieben war. Sonst gab es keine Hinweise zu den Damen. Sie waren also bei der Polizei nicht aktenkundig. Mayerhofer verwies abschließend noch auf ihre Recherchen zu den studierenden Nachkommen der Herrenrunde und hatte eine entsprechende Liste als Attachement angehängt.

Gehmaier klickte darauf und überflog die Namen. Netnicky Adrian, Novak Erwin junior und Steinberger Gabriel und andere waren aufgelistet. Gehmaier fiel das

Gespräch mit Novak senior, dass er mit Pirker in Wien geführt hatte, ein, und wie emotionslos und aalglatt Novak reagiert hatte.

Marko griff zum Telefon und wählte Mosers Durchwahl.

»Moser!«, meldete sich dieser mit barschem Ton. Als Gehmaier seinen Namen genannt und ihn begrüßt hatte, wurde der Ton freundlicher.

»Ah, Kollege Gehmaier. Angenehmen Urlaub gehabt?« Ohne auf Gehmaiers Antwort zu warten, sprach er gleich weiter. »Soweit ich sehe, gibt es im Fall der toten Frau im ´Hotel am See´ nichts Neues. Wann sollten Sie die Befragungen mit den Wiener Kollegen fortsetzen?«

»Meines Wissens ist Kollege Pirker diese Woche noch in Urlaub. Ich habe dann erst Ende nächster Woche wieder in Wien zu tun. Kann ich bis dahin etwas unternehmen?«, antwortete er vorsichtig.

»Ich glaube nicht. Wir bleiben dabei, dass wir vorrangig die Befragungen fortsetzen.« Die Leitung war still, Moser schien nachzudenken. »Nein, ich fürchte, sonst können wir derzeit nichts tun. Melden Sie sich, wenn Sie Pirker erreicht und mit ihm ausgemacht haben, wie und wann Sie die Befragungen fortsetzen. Sorry, ich bin in Eile. Bis dann!«

- 19 -

Der harte Kern der illustren Gäste in der Piano Rosso Bar war zwar nicht täglich, aber über die Woche gesehen, ident. Beinahe jeder der Stammgäste kam an ein, zwei Abenden unter der Woche auf ein Getränk vorbei. Der eine öfter, der andere seltener. Das hing auch von den Businesstrips ab, die eine Woche so mit sich brachte. An den Wochenenden überließen die Stammgäste, die meist geschäftlich in der Wiener City weilten, die Bar den Touristenströmen.

Da viele die Stadt am Freitag verließen, um die Wochenendhäuser zu besuchen, Kurztrips zu unternehmen oder, selten aber doch, einfach der Familie widmeten, war der Donnerstagabend so etwas wie der Endpunkt der Woche.

Wenn die Kellner mit der schwarzen, smokingartigen Dienstkleidung an jenem Abend einen der Stammgäste erkannten, baten sie diesen in den hinten liegenden Salon, den der Chef für diesen Abend freigehalten hatte. Das Personal sorgte dann auch dafür, dass sich keiner der anderen Gäste in diese Richtung verirrte.

Gegen zwanzig Uhr saßen um die zwölf Leute an drei Tischen und unterhielten sich über die aktuelle Tagespolitik, schimpften auf die Parteien und deren Vertreter und jammerten, schon mehr aus Gewohnheit als aus sachlichen Gründen, auch diesmal wieder über die hohe

Steuerlast und die Verschwendung der Steuergelder. Novak, der Eigentümer des Piano Rosso, pflegte sich im Laufe des Abends immer wieder zu den Gästen an die unterschiedlichen Tische zu setzen, um mit ihnen zu plaudern. Schließlich waren das nicht irgendwelche Leute, sondern so etwas wie Freunde von ihm. Die diesbezügliche Grenze verschwamm im Laufe des Abends und wurde erst beim Verlassen des Lokals, wenn der Kellner jemandem die Rechnung brachte, wieder etwas förmlicher. Aber damit hatte Novak nichts zu tun, denn er war ein Teil der Tischrunde.

»Habt ihr das gehört? Der Prozess gegen den Exminister ist immer noch nicht abgeschlossen worden. Nicht nur, dass die ihn nicht dran kriegen. Nein, wir müssen diese langwierige Farce auch noch mit unserem Steuergeld bezahlen!«, empörte sich einer der Herrn.

»Tja, so ist das halt. Erstens ist er nicht blöd und hat seine Geschäfte offenbar so geschickt eingefädelt, dass sie ihm nicht so einfach etwas anhängen können. Und zweitens ist zumindest das Gericht verpflichtet, sich genauestens an die Gesetze und Vorschriften zu halten, also ein korrektes Verfahren zu gewährleisten«, versuchte Anwalt Netnicky zu beruhigen und gleichzeitig seine Kompetenz und seinen Glauben an die faire Justiz zu unterstreichen.

»Na, schon klar«, stimmte Finkhaus zu, »aber eine Farce auf unsere Kosten bleibt es trotzdem. Außerdem möchte ich nicht wissen, welche Weisungen von ganz oben hier mitspielen. Das soll ja schon bei den Ermittlungen so gewesen sein. Ein Bekannter, der Kontakte in die Justiz hat, hat mir erzählt, dass die bei den Hausdurchsuchungen schon genauestens instruiert waren, wo sie hinschauen, oder besser, nicht hinschauen dürfen.«

»Das kann ich mir gut vorstellen«, unterstrich Novak, »wir wissen ja, wie die da oben es sich richten können. Da kannst du dich auf dein Netzwerk verlassen. Die halten zusammen, bis die Beweise so stark sind, dass sie nicht mehr entkommen können. Und dann bekommt so ein Gauner auch noch eine Fußfessel, damit er am Abend in die Oper gehen kann.«

Die Ohnmacht der einfachen Wähler war in einzelnen Gesichtern zu sehen, andere versteckten sich hinter ihren Gläsern. Ein paar Minuten vergingen schweigend, der Kellner tauschte leere Gläser gegen volle aus und nahm Bestellungen entgegen, die ihm wortlos mit einfachen Gesten erteilt wurden.

Novak beugte sich über den Tisch, an dem sich vier jener Leute versammelt hatten, die beim letzten Bikewochenende nach Velden am Wörthersee dabei gewesen waren.

»Übrigens, seit der ersten Befragung zum ´Hotel am See´, habe ich nichts mehr gehört. War bei euch noch was?«

Kopfschütteln und Schweigen.

»Also ich glaube, die Sache ist vom Tisch«, meinte Finkhaus.

»Ich hoffe es«, betonte Steinberger. »Das war eh peinlich genug, wie die im Büro aufgetaucht sind.«

»Na, jedenfalls besser als zu Hause«, entgegnete Aschauer, der seit dem Wörtherseeausflug regelmäßig nach der Arbeit vom Ministerium kommend auf ein Getränk vorbei schaute.

»Wie auch immer«, beruhigte Netnicky, »wir haben nichts getan, was verboten wäre. War alles im gegenseitigen Einvernehmen«, versuchte er mit einer Anspielung witzig zu sein.

»Wird eh Zeit, dass wir wieder einmal was machen«, zog Novak die Aufmerksamkeit auf sich.

»Ende Juni, am letzten Juniwochenende, also in drei, vier Wochen, wäre was Interessantes«, versuchte er die anderen neugierig zu machen. »Da sind nämlich die ´Alpine Bike Days´ am Faaker See, ein Mega-Event für Motorradfahrer. Vier Tage lang, von Donnerstag bis Sonntag. Ein paar kennen das eh. Wir waren ja voriges Jahr in Garmisch auch dabei.«

»Klingt super«, meinte Steinberger, der schon im Kalender seines Smartphones herumwischte. »Also ich hab da noch nichts vor, sehe ich gerade.«

»Ich bin auch dabei«, stimmte Netnicky zu.

Aschauer steckte seinen Taschenkalender weg und meinte, »ich schau mal, ob es sich ausgeht« und wusste nicht, was seine Frau dazu sagen würde.

»Werde mal checken, ob meine Clarissa schon was geplant hat«, hielt sich Finkhaus bedeckt.

»Noch für den Appetit: es gibt Bike-Stunts, da könnt ihr mal sehen, was die anderen draufhaben«, zwinkerte Novak, »Sternfahrten in Kärnten, nach Osttirol, Slowenien, Italien und so weiter. Mehrere Musikgruppen von Country- und Bikermusik bis zu den alten ´Hadern´, damit ihr in Stimmung kommt. Natürlich jede Menge Bierzelte, wo es was zu trinken und zu essen gibt und für den späteren Abend Girls, Girls, Girls«, grinste Novak mit verschmitztem Gesicht. »Es gibt auch einen VIP-Bereich bei einem erstklassigen Hotel«, wurde er wieder sachlich. »Der Koch dort soll echt super sein. Die Unterbringung in diesem Hotel wäre dann gleich dabei. Ich hab mal zehn Tickets reserviert. Also, wer Interesse hat, bitte einfach mir sagen. Eine Woche kann ich die Reservierung halten. Dann reden wir uns auch noch aus, was sonst noch zu organisieren ist«, deutete er seine Bereitschaft für individuelle Wünsche an.

- 20 -

Samstagvormittag vibrierte das lautlos geschaltete Privathandy von Marko Gehmaier. Er hatte an diesem Wochenende Dienst, und im Job telefonierte er nicht privat. Da sein Großvater gesundheitlich immer noch in kritischem Zustand war, wollte er aber für Notfälle erreichbar sein. Er sah, dass der Anruf von Giuseppe kam und da es gerade sehr ruhig war, nahm der ab.

»Hallo Marko! Störe ich?«, fragte Giuseppe.

»Nein, überhaupt nicht. Ich habe Wochenenddienst und bin gerade in der LPD.«

»Ah, ich hab leider auch Dienst. Ich dachte, du hast frei, deshalb habe ich deine Privatnummer gewählt. Kannst du reden?«

»Ja, klar, worum geht es?«

»Du hast mich auf unserer Schweiztour ja wegen des ´White Explode´ angesprochen, und wolltest wissen, ob es da irgendwelche Connections zu euch nach Österreich gibt.«

»Ja, genau. Hast du etwas erfahren?«

»Also, ich habe mich ein bisschen umgehört und konnte über meine Kontakte informell erfahren, was du schon weißt. Also das mit Florenz, Mailand und, äh, ich glaube Padua, stimmt. Dieses ´White Explode´ ist mittlerweile auch schon in anderen Städten aufgetaucht und das nicht nur im Uni-Umfeld, wie du gemeint hast. Es gilt schon ein bisschen als ´hip´. Interessant ist, dass es im studentischen Umfeld verbreitet ist und in den Möchtegerne-Promiszenen mehrerer Städte. Und, jetzt kommt es: da gilt es als relativ teuer.«

»Komisch«, unterbrach ihn Marko, »wie können sich die Studenten dann das Zeug leisten?«

»Das habe ich mich natürlich auch gefragt und nachgehakt. Die Lösung ist simpel: auch bei den Studierenden gibt es Kinder aus begüterten Häusern, die genug Kohle dafür haben. Es gibt keinen Bettelstudenten oder Junkie unter den bisher aktenkundigen Leuten.«

»Eine Promi-Droge also«, resümierte Marko nachdenklich.

»Sieht so aus. Aber ich hab noch was. Es wird vermutet, dass das Zeug an einer pharmakologischen Fakultät entwickelt wurde und dann von dort auf den Markt gekommen ist. Zuerst für Insider, quasi für den Privatgebrauch zusammengebastelt. Und jetzt interessiert sich die organisierte Kriminalität dafür.«

»Du meinst die Mafia?«, fragte Marko erstaunt.

»Mafia, Camorra, Cosa Nostra. In Italien haben wir viele hübsche Bezeichnungen dafür. Aber egal. Problematisch ist, dass die Herstellung und der Vertrieb mittlerweile offensichtlich in die Hände der Profis gelangt sind. Das können auch Albaner, Russen oder was weiß ich, wer, sein. Und damit zum Kern deiner Frage. Wir haben noch nichts gefunden, was auf einen Lieferpfad zu euch hinweist. Das lässt vermuten, dass die

Profis jetzt mal den heimischen Markt versorgen und sich erst dann weiter ausbreiten. Aber glaube mir, das wird keine Jahre dauern. Die schrauben die Herstellkapazitäten hoch und dann überschwemmen sie den Markt. Das heißt aber auch, dass du mit deiner Vermutung Recht gehabt haben könntest, dass das Zeug von irgendwelchen Amateuren, Austauschstudenten oder so jemand zu euch gebracht wird. Bei uns liegt aber nichts auf. Bisher sind hier keine Österreicher damit erwischt worden. Aber genug italienische Studenten und auch ein paar deutsche, französische und sogar eine Spanierin.«

»Shit! Dann ist ja alles möglich: Dass ein Italiener oder ein anderer das zu uns mitgebracht hat oder, dass von uns jemand die Drogen geholt hat. Das könnte sogar die Tote selber gewesen sein«, sprach Marko seine Gedanken aus.

»Ja, das ist leider so. Aber wir könnten checken, wie die genaue Zusammensetzung der Pillen bei euch ist und mit unseren Funden vergleichen. Die Experten können aufgrund kleinster Unterschiede nachweisen, woher das Zeug stammt.«

»Super Idee«, bestätigte Marko, »das machen wir aber jetzt offiziell. Ich veranlasse das und binde dich ein.«

Ein kurzes Schweigen folgte.

»Du«, sagte Giuseppe, »da war noch was, aber es fällt mir nicht ein.«

»Etwas wegen der Drogensache?«, versuchte Marko zu helfen

»Nein, warte.« Wieder folgte Schweigen. »Ah, jetzt hab ich´s! Dein Video-Alert! Du wolltest mir etwas schicken«, erinnerte sich Giuseppe jetzt.

»Oh Gott! Den hab ich ja völlig vergessen. Nach unserer Tour hatte ich so viele neue Mails, da hab ich den Alert übersehen. Danke für die Erinnerung. Das bekommst du gleich nach Dienstschluss.«

Marko notierte das Stichwort ´Video-Alert´ auf einen kleinen Zettel und schob diesen zu seinem Schlüssel in die Hosentasche.

Sie plauderten noch ein paar Minuten über die letzte Biketour, das aktuelle Wochenendwetter und die nächste Gelegenheit für eine gemeinsame Ausfahrt. Marko erwähnte noch, dass er vorher neue Reifen benötigen würde und sich gerade nach aktuellen Produkten umschaute. Giuseppe kannte das Problem nur zu gut, hatte er doch nach ihrer Rückkehr aus der Schweiz ebenfalls abgefahrene Reifen.

Nach Ende seines Wochenenddienstes kramte Marko an der Haustür nach seinem Wohnungsschlüssel und fand dabei auch die Notiz. Er strich den Zettel glatt und legte ihn auf die Tastatur vor dem Bildschirm.

Als er den Videoclip aufrief, checkte er zuerst die Metadaten. Der Upload lag nun schon rund eine Woche zurück. Die Uploadzeit war mit dreiundzwanzig Uhr einundvierzig angezeigt. Als Autor standen nur drei Buchstaben: ´A-V-C´. Wie im Cacciatore-Fall, bestätigte sich Marko. Er klickte auf den Startbutton und sah ein von hinten gefilmtes Bike. Das Kennzeichen war aus Italien. Der Fahrer hockte tief nach vorne gedrückt auf dem Motorrad. Die durch die Scheinwerfer aufblitzenden Reflektoren an den Leitschienen ließen Marko das hohe Tempo erkennen. Das Bremslicht leuchtete grell auf. Das Bike verringerte das Tempo, der Verfolger, der die Kamera montiert hatte, kam noch näher an den Vorderen ran. Der führende Biker wuchtete sein Racebike tief in die Kurve, das rechte Knie deutlich weggespreizt. Nach der Kurve holte der Verfolger auf, schob sich näher an das italienische Kennzeichen heran. Marko erwartete, dass er überholen würde. Aber der Verfolger schien nur noch mehr Druck auf den vorderen aufzubauen, denn der führende Biker holte das Letzte aus seinem Eisen und versuchte, den hinteren abzuhängen. Die Bremslichter kündeten die nächste Kurve an, nach links. Der Vordere bemühte sich, dem Verfolger in der Kurve keinen Platz zu lassen. Knie raus, schnitt er die Kurve früh an. Marko spürte die Anspannung in sich hochsteigen. Das wird knapp, schoss es ihm durch den Kopf. Sein Puls begann an den Schläfen zu pochen. Der Verfolger hatte sich in der Linkskurve weit nach rechts raustragen lassen, sodass Marko nur ganz links im Bildausschnitt sah, was geschah. Ein von unten kommendes Motorrad, das auf der Sperrlinie zu kleben schien, schoss aus der Kurve. Der italienische Biker wollte noch verreißen. Zu spät! Die Kamera des Verfolgers fuhr an den Bikes vorbei. Das Bild wurde dunkel.

Oh Mann, hört das denn nie auf! Marko lehnte sich zurück. Er konnte es nicht fassen. Der Crash im Video entsprach genau jenen des Cacciatore-Falles. Aber das konnte nicht sein! Ungläubig versuchte Marko seine Gedanken zu sammeln. Was war da los? Er starrte eine Zeit lang auf den dunklen Bildschirm. Dann stand er auf und holte sich ein Glas Wasser aus der Küche.

Nochmal, ganz ruhig, versuchte er sich zum logischen Denken zu zwingen. Was passt hier nicht? Er startete das Video nochmals und hielt es alle paar Sekunden an, um sich die Bilder genau anzusehen. Er notierte sich das Kennzeichen des vorne fahrenden Bikes. Es war ein Supersportler mit einem breiten Hinterreifen, hochgezogenen Auspuffendtöpfen links und rechts. Drüber saß ein breites Rück- und Bremslicht. Die Blinker waren integriert. Vom Fahrer war nicht viel zu erkennen. Die Kameraposition war sehr tief unten. Tief unten! Auch das noch.

Er schob den Regler zurück und checkte es nochmals von Beginn an. Ja, tief unten, wie im Cacciatore-Fall, aber doch irgendwie anders. Er überlegte, wo die Kamera montiert sein könnte, als ihn ein Verkehrsschild ablenkte. Er stoppte den Clip, fuhr zurück und hielt den Clip an der Stelle an, wo das Schild gut zu sehen war. Ein ganz normales Verkehrszeichen für kurvige Straßen, wie sie vermutlich überall auf der Welt gleich aussahen. Keine Zusatztafel, die etwas über die Strecke, auf der sich das Drama abspielte, verraten hätte können.

Nach beinahe einer Stunde rieb sich Marko die Augen und sah auf die alte Uhr an der Wand, die halb zwölf zeigte. Viel hatte er nicht entdeckt, er war müde und fühlte sich niedergeschlagen. Aber er musste Giuseppe und Chris, seine damaligen Partner, informieren.

Er kopierte den Link zum Videoclip in ein Mail und schrieb seine raren Erkenntnisse dazu. Dann bat er die beiden, zu prüfen, ob es zu diesem Kennzeichen eine Unfallmeldung gegeben hätte. Ich hoffe, die Cacciatore-Videos im Internet haben nicht irgendwelche Schwachköpfe auf Ideen gebracht, endete sein Mail.

Bevor er auf Senden klickte, fügte er noch rasch die Kriminaltechnikerin als Empfänger ein und bat sie um Prüfung des Upload-Ortes, falls möglich.

Dann ging er zu Bett.

Gehmaier erledigte am Vormittag ein paar kleine Außendienste und kam erst gegen elf Uhr dreißig wieder in die LPD. Pirker hat sich immer noch nicht gemeldet, dachte er. Gestern wäre dessen erster Arbeitstag nach dem Urlaub gewesen und Gehmaier war davon ausgegangen, dass Pirker beim ersten Dienst viel aufarbeiten musste, was in seiner Abwesenheit angefallen war. Deshalb hatte er gewartet, bis jetzt. Er griff zum Telefon und wählte Pirkers Nummer in Wien. Es läutete mehrfach bis sich eine freundliche Frauenstimme meldete. »Landespolizeidirektion Wien, guten Tag. Herr Polizeiinspektor Pirker ist nicht im Haus. Kann ich ihm etwas ausrichten?«

»Gehmaier, LPD Klagenfurt. Können Sie mir sagen, wann der Kollege Pirker wieder zurück ist?«

Die Dame hatte erst jetzt erkannt, dass Gehmaier eine polizeiinterne Leitung benutzte. »Ah, LPD Klagenfurt. Entschuldigen Sie bitte. Leider nein. Kollege Pirker war ja in Urlaub und hat sich gestern früh krank gemeldet. Er hat im Ausland eine Magen-Darmsache aufgeschnappt und dachte, die sei gleich vorbei. Der Arzt hat ihn aber für die ganze Woche krankgeschrieben. Es scheint noch zu dauern. Soll ich doch was ausrichten?«

»Danke für die Info«, meinte Gehmaier, »ja, richten Sie ihm bitte schöne Grüße von Marko Gehmaier, LDP Klagenfurt, aus. Ich wünsche ihm gute Besserung und er soll sich bitte bei mir melden, wenn er wieder fit ist.«

Gehmaier legte den Hörer gar nicht auf den Apparat, sondern wählte gleich die Nummer von Chefinspektor Moser. Dessen Sekretariat informierte, dass Moser in einer Besprechung sei. Gehmaier hinterließ die Information, dass Kollege Pirker in Wien zumindest noch diese Woche krank gemeldet sei. Moser solle bitte mit dessen Vorgesetzten in Wien abklären, ob es eine Vertretung gäbe oder ob die Befragungen warten konnten.

Am nächsten Morgen wurde Gehmaier zum Chefinspektor Moser gebeten.

»Morgen, Kollege Gehmaier. Ganz kurz. Der Chef von Pirker will, dass Pirker die Befragungen macht, wenn er wieder da ist. Wir sind übereingekommen, dass es keinen Sinn macht, jetzt jemand anderen einzubinden. Die anderen Leute, die schon Befragungen zu diesem Fall gemacht haben, sind auch völlig ausgelastet, no way. Haben Sie was Neues?«

»Eigentlich nichts, was uns viel weiterbringt. Ich habe nur von italienischen Kollegen etwas über die ´White Explode´-Szene dort gehört und veranlasst, dass sich die Kollegen von den Labors die genaue Zusammensetzung des Stoffs ansehen. Dadurch können wir vielleicht herausfinden, wo es herkommt. Wie gesagt, das läuft, wird aber ein paar Tage dauern. Sonst gibt es nichts.«

»Das heißt, wir kommen nicht weiter und können momentan auch nicht viel mehr tun. Na gut. Bleiben Sie dran und halten Sie mich auf dem Laufenden. Okay?«

»Ja, alles klar«, verabschiedete sich Gehmaier.

Gehmaier übernahm das Gespräch, das die Telefonzentrale an ihn weitergeschaltet hatte.

»Hallo Herr Marcic. Ist Ihnen noch etwas eingefallen?«, fragte er, nachdem sich Marcic gemeldet hatte. Die erste Befragung des Barkeepers lag schon etwas zurück.

»Ja, Herr Inspektor. Mir ist noch eingefallen, also, eigentlich habe ich was gefunden. Beim Zusammenräumen habe ich unter der Theke, hinter den Kartons mit Ersatzgläsern, eine kleine Figur gefunden. Schaut aus wie eine kleine Medvjed, wie sagt man in Deutsch: Bare, Bäre oder so. Ist aus Schoko. Da habe ich mich erinnert, dass der letzte Gast solche am frühen Abend ausgeteilt hat.

Gehmaier verstand nicht genau, was Marcic meinte. Nur das es offenbar eine Schokoladefigur war.

»Haben Sie diese Schokofigur noch?«, fragte er.

»Ja, ist bei mir in Kellerbar in Kühlschrank, solle ich Ihne bringen?«

Marko musste wegen des Akzents lächeln.

»Nein, danke. Bewahren Sie diese gut auf. Ich komme vorbei und hole sie ab. Gleich heute Abend. Geht das?«

»Aber natürlich. Ich habe Dienst in Kellerbar, bin ab sechs Uhr dort«, antwortete Marcic mit seinem liebenswürdigen Akzent.

Gehmaier nutzte die Gelegenheit, um mit dem Dienstbike am Wörthersee entlang nach Velden zum Hotel zu fahren.

Er ging in die Kellerbar, wo Marcic mit den Vorbereitungen für den Abend beschäftigt war. Marcic holte die Schokoladefigur aus dem Kühlschrank und stellte sie vor Gehmaier auf den Tresen.

»Sieht wirklich aus wie ein Bär«, bestätigte Gehmaier, dachte sich aber, dass das Ding auf den ersten Blick ganz anders aussah, wie ein Phallus. Er zog einen Plastikbeutel aus der Tasche und stülpte diesen, ohne die Alufolie zu berühren, über die Figur und verschloss den Beutel.

»Wer, sagten Sie, hat diese Schokobären ausgeteilt?«, fragte Gehmaier.

»Na, der Herr, der letzter Gast war und mir das Trinkgeld gegeben hat«, erklärte Marcic.

Der Barkeeper zeigte ihm noch genau, wo er den Schokobären unter der Theke gefunden hatte. Gehmaier machte mit der Handykamera ein paar Fotos. Er fragte noch, ob Marcic sonst noch etwas aufgefallen wäre, bedankte sich für dessen Aufmerksamkeit und den Anruf und verabschiedete sich mit der Bitte um einen Anruf, falls Marcic noch etwas einfiele.

Für die Rückfahrt entschied er sich für die schöne Strecke am Südufer entlang.

Da Polizeiinspektorin Mayerhofer abends nicht mehr in der LPD gewesen war, konnte Gehmaier ihr das Fundstück erst am nächsten Morgen zeigen. Sie wollte dafür sorgen, dass etwaige Fingerabdrücke gesichert werden und ging damit ins Labor. Nach zwei Stunden rief sie Gehmaier an und bat ihn, einen Sprung vorbei zu kommen.

»Schau dir das an«, forderte sie Gehmaier auf, als dieser in ihr Büro kam.

»Hab ich schon. Ich hab auch den merkwürdigen Sockel gesehen, auf dem der Bär steht. Aber ich habe ihn gleich eingepackt, damit du nicht meine Fingerabdrücke sichern musst«, grinste er. »Aber jetzt zeig mir bitte, was es mit dem Sockel auf sich hat.«

Mayerhofer hob die Figur auf und schob von hinten mit dem Finger ein kleines Lädchen, ähnlich einer Zündholzschachtel, auf. Darin lagen zwei kleine weiße und eine längliche blaue Tablette.

»Wow! Das ist ja ein Ding!«, staunte Gehmaier, »würde mich nicht wundern, wenn das dasselbe Zeug ist, das wir im Magen der Toten gefunden haben.«

»Na, zumindest die weißen«, grinste Mayerhofer, »die blauen dürften eher für die Männer sein.«

»Du meinst, das ist ein Potenzmittel?«, staunte Gehmaier.

»Sieht zumindest so aus, aber ich lasse alle drei Pillen gleich im Labor checken. Bin gespannt, ob das mit den Funden von der Toten zusammen passt. Übrigens, die Fingerabdrücke, die auf dem Schokobären waren, haben wir nicht in unserer Datenbank.«

- 21 -

Als sie ihm die Tür aufmachte, hatte sie einen dicken Frotteebademantel an.

»Warte kurz, ich brauche noch eine Minute«, hauchte sie ihm ins Ohr, nachdem sie die Haustüre zugedrückt hatte. Er ging ins Wohnzimmer und schaute sich die Titelblätter der Zeitschriften an, die auf dem Couchtisch lagen. Mode und Kosmetik, Lifestyle. Aber er nahm das gar nicht so richtig wahr, denn seine Gedanken waren ganz woanders. Im Bauch und etwas tiefer spürte er ein wohliges Kribbeln und er war angespannt. Aufgeregt harrte er in Erwartung, was sie vorhatte. Er liebte es, immer wieder von ihr überrascht zu werden und wie sie ihm mit leisen Worten, kleinen Gesten oder ihrem Körper zu verstehen gab, was ihr gefiel.

»Kommst du mal?«

Fast hätte er ihre leise Stimme nicht gehört. Er drehte sich um und versuchte zu erkennen, woher sie kam. Als er oben auf der Stiege stand, sah er, dass die Tür zum Badezimmer halb offen stand. Drinnen schien es dunkel zu sein. Er trat ein und sah kleine Kerzen brennen. Clarissa stand vor dem großen Spiegel und bürstete ihr dunkelblondes Haar. Sie trug ein dunkelgrünes, fast durchsichtiges Unterkleid, das nur knapp ihren straffen Po verdeckte. Er lehnte sich auf der gegenüber liegenden Seite an die geflieste Wand und sah ihr nur zu.

Wenn sie die Arme zum Haar hochhob, rutschte das dunkle Ding leicht nach oben und zeigte mehr von ihrem Po und den langen Beinen. Sie trägt kein Höschen, registrierte er unbewusst, wie benommen. Im Spiegel sah er sie von vorne. Ihr Haar, das sie links nach vorne gerafft hatte, ihre nackten Schultern, über die nur die dünnen Träger liefen, ihr Gesicht, der tiefe Ausschnitt, unter dem ihre vollen Brüste bei jedem Atemzug hoch gingen. Sie legte die Haarbürste zur Seite und griff nach einem Lippenstift. Als sie sich nach vorne beugte, um näher am Spiegel zu sein, spannte sich der hauchdünne Stoff über ihrem Busen, die Rundungen wurden voller. Betont langsam fuhr sie mit dem Stift über ihre Unterlippe und sah ihm im Spiegel in die Augen. Ihm wurde ganz anders bei dem Gedanken, was folgen würde. Als sie den Lippenstift weglegte und sich umdrehen wollte, umfasste er sie von hinten, schmiegte sich ganz eng an sie, drückte seine Brust gegen ihren Rücken, sein Becken gegen ihren Po. Sie spürte, wie seine Kraft sie leicht erbeben ließ. Seine Hände glitten von den Schultern zu den Brüsten. Er erhöhte den Druck auf ihren Po und schob die Träger von den Schultern, im Spiegel sah er wie der Stoff langsam über ihren Busen hinunter rutschte. Sie hatte sich leicht nach vorne gebeugt und mit den Händen abgestützt. Seine linke Hand glitt ihren Arm hinunter und hielt die Hand fest, während er mit der rechten seinen Reißverschluss öffnete und ihr dunkelgrünes Unterkleid ein wenig weiter nach oben schob.

Später lag sie dann in seinen Armen auf einer flauschigen Decke, die sie über das weiße Leder der Couch gelegt hatte. Sie küssten sich und er streichelte ihr mit sanften Bewegungen über den Rücken, über den Po und die nackten Beine, die sie angewinkelt hochgezogen hatte. Ihre Hand glitt über seine Brust zum Bauch und blieb am Rand seiner Boxershorts hängen. Sie drehte sich nach und ihre Hand verschwand unter dem Stoff. Wenig später stand er auf und hob sie auf die Couch, so dass sie vorne übergebeugt hinknien musste. Sie vergrub ihr Gesicht im weichen Polster der Lehne, während seine Hände von ihrem Rücken über die Taille immer tiefer glitten. Sanft drückte er ihre Beine auseinander, ihr Po streckte sich ihm entgegen, als er sich hinter sie stellte.

Das Motorrad, das rechts am Straßenrand vor der Einfahrt zu seinem Haus lässig auf dem Seitenständer lehnte, wäre Finkhaus gar nicht aufgefallen, wenn er nicht selbst ein begeisterter Biker gewesen wäre. Aber so fragte er sich, welchem seiner Nachbarn es wohl gehören könnte. Oder hatte ein Nachbar Besuch von einem Biker? Der junge Braunhofer vielleicht, der Sohn der Nachbarn gegenüber? Als sein ferngesteuertes Einfahrtstor endlich offen war, fuhr er seine Auffahrt entlang.

»Los, verschwinde schnell«, stieß Clarissa, die das Geräusch des schweren Wagens auf der Auffahrt wahrgenommen hatte, hervor, »Werner ist schon da.«

Als Finkhaus in der Garage aus dem Auto stieg und zur Einfahrt zurückblickte, überquerte ein Bursche mit einem Helm in der Hand gerade hastig die Straße zu seinem Bike. Wo kam der denn her? Auf der Straßenseite, an der die Villa der Finkhaus´ stand, waren die nächsten Einfahrten weiter entfernt. Der Biker, der hektisch den Schlüssel ins Zündschloss fädelte, hatte ein T-Shirt und Jeans an. War der von seinem Grundstück gelaufen? Er hörte den Motor hochkreischen und in der Ferne verklingen. Ein ungutes Gefühl stieg ihn ihm auf. Jenes Gefühl, dass er in letzter Zeit öfter hatte, wenn er mit Clarissa zusammen war. Irgendwie schien sie ihm verändert. Vielleicht etwas abwesend, aber auch manchmal überschwänglich, dann wieder gedankenverloren.

Er ging ins Haus, legte seine Schlüssel unter dem großen Spiegel auf die Ablage und ging zur Terrassentür. Wie erwartet fand er Clarissa im Garten, wo sie gerade nackt aus der Dusche neben dem Pool stieg und nach dem Handtuch auf der Liege griff.

Finkhaus wollte schon fragen, ob sie Besuch gehabt hätte. Doch als sie sich zu ihm umgedreht hatte, und er spürte wie sein hellblaues Hemd von der Nässe ihrer vollen Brüste durchdrungen wurde, legte er seine Arme um sie, ließ die Hände langsam über ihre nasse Haut vom Rücken hinunter bis zu ihrem Po gleiten und drückte ihr Becken gegen seines.

Später, als er aus dem Schlafzimmer in die Küche kam, sah er zwei Gläser im Spülbecken stehen. Er roch kurz daran und nahm den Duft von Alkohol wahr. Er spürte sein Misstrauen wieder aufsteigen, sein Puls stieg an, aber er sagte nichts.

Erwin junior öffnete die Wohnungstür und Gabriel schob sich an ihm vorbei in die Wohnung. In Erwins Zimmer stellte er seinen Helm auf dessen Schreibtisch am Fenster und ließ sich auf die Couch fallen.

»Also«, begann Gabriel, »wir wollten über die Biketour reden.«

»Ja. Das nächste lange Wochenende, das Mitte Juni meine ich, würde sich anbieten. Da haben wir von Donnerstag bis Sonntag vier freie Tage, denn der Freitag ist vorlesungsfrei.«

»Ich weiß«, murmelte Gabriel. Er schien in Gedanken versunken. Während Erwin den PC aufdrehte, dachte Gabriel daran, was für ein verdammtes Schwein er gehabt hatte, dass Clarissa das Auto ihres Mannes gehört hatte. Ob ihn der Alte noch gesehen hatte?

»Schau mal, das ist die Strecke, die ich mir mal ausgedacht habe«, riss ihn Erwin aus den Gedanken. Gabriel stand auf und ging zu Erwin an den Bildschirm.

»Zwei Tage durch die Dolos runter bis zum Gardasee und zwei Tage zurück. Ist schon ein ordentliches Eck, aber machbar«, kommentierte Erwin begeistert. »Ich habe ein paar Strecken gefunden, die wir noch nie gefahren sind«, lockte er Gabriel.

- 22 -

Gehmaier hatte Außendienst und musste seinen Kollegen bei der Absicherung einer Unfallstelle im Süden von Klagenfurt helfen. Die Strecke war ein lang bekannter Unfallhäufungspunkt, wie es im Jargon der Polizei so prosaisch hieß. Jeder Versuch, Autofahrer und Biker zu gemäßigten Fahrweisen zu animieren oder zu zwingen, schien kläglich zu scheitern. Immer wieder krachte es dort. Selbst ein Landeshauptmann, der seinem Fahrer frei gegeben und selbst am Steuer gesessen hatte, war dort tödlich verunglückt.

Als er am späten Nachmittag wieder in die LPD kam, fand er eine Nachricht von Pirker, mit der Bitte um Rückruf vor.

»Hallo, Kollege Pirker«, begrüßte Gehmaier seinen Wiener Kollegen freundlich, als dieser abhob. »Wieder im Dienst?«

»Ja, aber ich sage nur deshalb ´Gott sei Dank´ dazu, weil der Job immer noch lustiger ist, als die Durchfallerkrankung, die ich mir eingefangen hatte.«

»Und jetzt geht es wieder?«, fragte Gehmaier mit verständnisvoller Stimme nach.

»Ja, ja, geht schon. Ich bin ja fast eine Woche nicht vom WC herunter gekommen. Dann musste mich meine Frau tagelang wieder aufpäppeln. Diät, Mineralstoffe und so Zeug. Über drei Kilo habe ich verloren. Das schadet zwar meiner Figur nicht, aber man verliert irrsinnig viel Substanz, hat mir der Arzt erklärt. Aber jetzt geht es wieder.

Zum Geschäft, sozusagen. Ich habe mich schon zwei Tage durch die Mails und die Akten gearbeitet. Ich glaube, ich bin ziemlich am aktuellen Stand. Auch mit dem Fall der Toten vom ´Hotel am See´. Lustig, dass mit dem Schokobären, oder?«

»Ja. Da warte ich noch auf Infos über die Zusammensetzung der Drogen, dieses ´White Explode´, aus Italien. Vielleicht können wir dann eingrenzen, wo das Zeug herkommt.

Bei den Befragungen haben wir auf Sie gewartet. Ihr Boss wollte niemand andern abstellen. Können Sie schon abschätzen, wann wir da weiter machen können?«

Sie diskutierten noch ein paar Details zum Fall und stimmten die weitere Vorgehensweise ab. Nachdem Gehmaier aufgelegt hatte, trug er den vereinbarten Termin in seinen Onlinekalender ein.

Gehmaier war noch abends wetterbedingt mit dem Zug nach Wien angereist, was ihm angesichts des Schlafdefizits der letzten, doch sehr ereignisreichen Tag- und Nachtdienste, entgegen kam.

Eine im Frühsommer stattfindende Großveranstaltung von Fans eines Kleinwagens am Wörthersee hatte wie alljährlich mit massiven Aufgeboten der Exekutive unterstützt werden müssen, damit die radikalen Fans, unter den tausenden halbwegs ruhigen, nicht total ausflippten. Unter Alkohol- und Drogeneinfluss waren schon Autos, Garagen und Bierzelte in Flammen aufgegangen. Das eine oder andere Mädchen, das es nicht wie die vielen, viel Busen und Haut zeigenden Professionellen, darauf anlegte, musste sich gegen testosteronüberschäumende Jungs wehren, oft in letzter Minute mit Unterstützung der Polizei.

Illegale Straßenrennen rund um den Wörthersee, Crashs mit Blechschäden, manchmal auch Verletzten, verursachten jedes Jahr viel Schreibarbeit bei der Polizei. Lasermessungen und überdurchschnittlich viele Radarbilder spülten aber auch einiges Geld in die nimmersatten Staatskassen.

Die morgendliche Besprechung zum Fall ´Tote im ´Hotel am See´´ in der LPD Wien war nur kurz. Außer Pirker und Gehmaier war nur noch Chefinspektor Obertrummer, der Vorgesetzte von Pirker, dabei. Rasch hatten sie die Faktenlage rekapituliert und sich die bereits am Telefon abgestimmten nächsten Schritte vom Chefinspektor absegnen lassen. Dann machten sich Pirker und Gehmaier auf zu den Befragungen.

Sie stiegen in der achtundzwanzigsten Etage des Büroturms am Wienerberg, wo Steinbergers PR-Agentur ein ganzes Stockwerk belegte, aus dem Lift und standen vor einem weißen Empfangspult. Dahinter befand sich eine sehr breite Panoramaverglasung, die eine Aussicht bis zu den Bergen der Voralpen gewährte.

Eine junge Frau, die ohne die grell-violetten Haare gewiss hübscher gewesen wäre, begrüßte sie freundlich. »Guten Tag, was kann ich für Sie tun?«

»Das ist Herr Pirker, mein Name ist Gehmaier, Landespolizeidirektion Wien. Wir möchten mit Herrn Steinberger sprechen.« Gehmaier wartete schon auf die übliche Frage ´Haben Sie einen Termin´, die ihm aber diesmal erspart blieb.

»Einen Moment bitte«, flötete die Grell-Violette, »ich sehe gleich nach.«

Pirker und Gehmaier standen am Pult und beobachteten die Leute, die an ihnen vorbei liefen. Die jungen Frauen waren leger gekleidet, manche sogar etwas punk-mäßig. War das jetzt wieder modern?, fragte sich Gehmaier. Pirker verfolgte mit seinem Blick eine asymmetrische Frisur, linke Kopfhälfte langes Haar, rechts kurz. Auch die Herren schienen wenig vom Businesslook zu halten. Ein buntes Hemd, das über einer an den Knien löchrigen Jeans getragen wurde, ging hier glatt als konservativ durch. Das eine oder andere freundliche Lächeln wurde von einem Unterlippenpiercing oder einem Nasenring verzerrt. Nach gefühlten zehn Minuten, während dieser Show des Public Relations-Business, in denen nur ein Herr über vierzig mit einem Sakko vorbeigekommen war - ein Kunde vielleicht? - kehrte die freundliche Grell-Violette zurück.

»Herr Steinberger erwartet Sie, bitte folgen Sie mir«, hauchte sie und drehte sich auch schon wieder zum Gehen. Pirker und Gehmaier verstanden sie trotzdem und lösten sich aus der Revue und vom Pult, an das sie sich gelehnt hatten.

Aus einem Besprechungszimmer strömten ihnen mehrere Leute entgegen, bevor sie eintreten konnten. An der Wand war noch ein gebeamtes Chart mit irgendwelchen Kurven in verschiedenen Farben entlang einer Zeitachse zu sehen. Auf einem Whiteboard waren mehrere Punkte einer Tagesordnung mit Häkchen quittiert.

»Guten Tag, Herr Steinberger. Wir haben noch ein paar Fragen.«

Steinberger war von einem langen Besprechungstisch, auf dem sich benutzte Kaffeeschalen und Gläser türmten, aufgestanden und hatte den Gruß erwidert.

»Worum geht es diesmal?«, fragte er in sachlichem Ton, ohne den Polizisten einen Sitzplatz anzubieten.

»Herr Steinberger, wir haben Informationen, dass die kleine Party in der Kellerbar des Hotels am See in Velden, bei der auch Sie dabei waren, organisiert war und die anwesenden Damen und Herren sich nicht zufällig trafen.«

»Aha!«, war die kurze Antwort des Geschäftsführers der PR-Agentur.

Pirker legte nach: »Dort wurden Schokoladebären mit Drogen verteilt. Was können Sie uns dazu sagen?«

»Eigentlich nichts«, antwortete Steinberger mit zweifelhaftem Grinsen.

»Was haben Sie mit den Drogen gemacht«, versuchte es Gehmaier nochmals.

»Wie schon gesagt, ich weiß nichts von Drogen oder diesen, wie sagten Sie, Schoko-Irgendwas.«

»Wir wissen, dass diese an alle Herren verteilt wurden.«

»Tut mir Leid. Davon weiß ich nichts. Vielleicht war ich da gerade draußen«, wiegelte Steinberger ab.

»Aber die Dinger standen auf den Tischen herum.«

»Ja, kann sein. Ich habe da nicht darauf geachtet. Wissen Sie, ich mag Schokolade überhaupt nicht.«

Aalglatt, der Typ, ärgerte sich Gehmaier. Sein Blick schweifte über den Besprechungstisch und er sah, dass Verpackungen kleiner Schokoladehäppchen auf den Kaffeeuntertassen lagen. Bei einer war die Schokolade unberührt neben dem Kaffeegeschirr abgelegt worden. Sie schwiegen kurz. Dann probierte Pirker einen anderen Hebel.

»Die Damen, die Ihre Gäste waren, waren Prostituierte«, versuchte er Steinberger zu provozieren.

»Davon weiß ich nichts«, erwiderte Steinberger neuerlich, »ich habe mich nur mit einer netten jungen Dame, die sehr höflich und gebildet war, unterhalten. Das ist wohl nicht strafbar und vermutlich auch keine Prostitution, oder? Und selbst wenn, geht das nur mich was an, nicht wahr? Außerdem, was heißt hier, ´Ihre Gäste´?

»Die gesamte Konsumation der Damen wurden von den Herren Ihrer Motorradgruppe bezahlt.«

»Leider weiß ich auch davon nichts. Wissen Sie, ich habe meine Rechnung bei der Abreise mit der Goldcard bezahlt und gar nicht auf den Betrag geachtet. Wenn der auffällig hoch gewesen wäre, wie Sie vielleicht glauben, wäre mir das sicher aufgefallen. Sonst noch was?«

»Ja«, nahm Pirker die Herausforderung an. Er griff in die Sakkotasche und zog ein Foto der Toten heraus, blickte einen Moment darauf und schob sie dann auf dem Tisch entlang zu Steinberger.

»Haben Sie sich mit Frau Navratilova unterhalten und wenn ja, wann?«

»Mmh, kann sein. Ich weiß es nicht mehr. Ich habe mich an dem Abend gut amüsiert und viel mit meinen Freunden gesprochen und mit einigen der Damen auch. Der Abend war lang und ich habe auch ein paar Schlucke getrunken. Länger jedenfalls nicht, das wäre mir in Erinnerung. Das war dann eine andere«, grinste er selbstgefällig.

»Und wer von den anderen Herren hat sich mit der unterhalten?«

»Darauf habe ich nicht geachtet. Ich bin ja zuerst an der Bar gestanden, dann zu mehreren Tischen gewechselt. Hätte ich gewusst, dass das wichtig sein würde, hätte ich sie sicher ununterbrochen beobachtet und aufgepasst. Haben Sie sonst noch was? Ich habe jetzt nämlich wieder ein Meeting«, dabei sah er betont lange auf seine dicke Armbanduhr.

Nein, sonst nichts. Die Polizisten verabschiedeten sich höflich. Aus der Liftkabine sahen sie die Grell-Violette, die mit weiteren Besuchern sprach, bis sich die Lifttüren schlossen.

Abends suchten Gehmaier und Pirker Aschauer in seiner Wohnung auf. Dem war der Besuch der Polizei sehr unangenehm.

»Schatz, das ist was Dienstliches«, rief er seiner Frau in der Wohnung zu. »Ich gehe kurz mit hinunter.«

Unten in der Grünanlage vor dem Haus begann Pirker das Gespräch, in dem er das offenbar schlechte Gewissen Aschauers ausnützte und ihn gleich scharf angriff: »Herr Aschauer, wir wissen, dass Sie am Wochenende im ´Hotel am See´ in Velden waren. Wie Sie wissen, wurde dort eine Frau tot aufgefunden. Eine jener Frauen, die Sie und Ihre Freunde dort eingeladen hatten.«

Selbst Gehmaier war überrascht von Pirkers direkter Ansprache und war gespannt, wie Aschauer reagieren würde.

Dieser blickte zuerst zu Boden, als würde er etwas suchen, und dann in die Ferne. Sein Blick schweifte über die Sträucher des kleinen Parks nach oben, wo die Fenster seiner Wohnung waren.

»Also meine Frau muss das nicht wissen«, begann er zögerlich. »Ja, wir haben die Frauen eingeladen. Das war so ausgemacht. Aber ich habe mich nur unterhalten. Sonst war da nichts. Bitte glauben Sie mir.«

»Und wer hat die Prostituierten organisiert«, riskierte Gehmaier eine neuerliche Breitseite gegen Aschauer.

»Prostituierte! Also so würde ich das nicht bezeichnen. Die wollten auch nur ihren Spaß haben«, antwortete er total überfahren.

»Also, wer hat die organisiert«, setzte Pirker sofort nach.

»Das weiß ich nicht genau. Ich wurde von Novak zum Mitfahren bei der Motorradtour eingeladen. Der hat auch die Schokobärli verteilt«, rutschte es ihm heraus.

»Schokobärli?«, Gehmaier tat verblüfft, reagierte aber sofort. »Was war mit den Schokobärli?«

Aschauer wand sich. Und Pirker erhöhte den Druck. »Möchten Sie, dass wir das Gespräch in der LPD fortsetzen?«

Entsetzen spiegelte sich in Aschauers Gesicht. Wieder blickte er verstohlen die Fensterfront hoch und schüttelte den Kopf.

»Also das war ein kleiner Schokoladebär, wie es zu Krampus auch Schokoladenikoläuse gibt, und da waren Tabletten drinnen. Ich habe die aber nicht angerührt.«

»Wie sahen die aus?«

»Ich glaube, die waren weiß und blau.«

»Genauer bitte!«

»Zwei runde weiße und eine länglichere blaue, glaube ich«, druckste Aschauer herum.

»Und Sie wissen nicht, was das war? Was haben Sie damit gemacht?«

»Ich habe sie ins WC geworfen«, antwortete Aschauer mit verzweifelter Stimme. »Das müssen Sie mir glauben«, bettelte er nochmals.

Pirker zog das Foto aus der Tasche und hielt es Aschauer hin. Unbemerkt hatte er sich dabei so gedreht, dass man von oben nicht auf das Bild sehen konnte.

»Haben Sie sich mit Frau Navratilova unterhalten?«

»Nein, ich habe sie zwar gesehen, so auffällig hübsch wie die war. Aber unterhalten habe ich mich nicht mit ihr.«

»Aber Sie haben gesehen, mit wem sich Frau Navratilova unterhalten hat!«, stellte Gehmaier nüchtern fest.

Aschauer saß in der Falle. Hätte ich bloß nicht erwähnt, dass sie mir aufgefallen ist, schoss es ihm in den Kopf. Klar, dass das jetzt so rüberkommt, dachte er. »Nicht wirklich«, versuchte er eine Ausflucht.

»Aber?«, ließ ihn Gehmaier nicht mehr vom Haken.

»Nichts«, antwortete Aschauer.

»Herr Aschauer, wenn Sie uns die Namen nicht sagen, müssen wir Sie in die LPD mitnehmen und Ihnen die Fotos der anderen Herren vorlegen, möchten Sie das?« Gehmaiers Schuss saß.

»Nein. Ich glaube, ich habe sie im Gespräch mit Novak gesehen.«

»Wer noch?«, erhöhte Gehmaier mit forscher Stimme den Druck und wollte jetzt nicht locker lassen.

»Weiß ich nicht, das heißt, ich bin mir nicht sicher.«

»Herr Aschauer, möchten Sie vielleicht doch noch die Fotos sehen, damit sie sich besser erinnern?«

»Nein!« Aschauers Nerven waren am Ende. »Finkhaus, also mit Herrn Dr. Finkhaus, habe ich sie auch gesehen. Dann nicht mehr.«

Pirker schob den Schlüssel ins Zündschloss und startete den alten Dienstwagen.

»Also, wenn Sie mich fragen, die lügen wie gedruckt, alle beide«, resümierte Gehmaier.

»Und teflonglatt, der Steinberger, an dem perlt alles ab. Der Aschauer war eh schon am Anschlag. Wenn du den einpackst und in die LPD mitnimmst, Gute Nacht. Der erzählt dir auch noch vom Stuhlgang seiner Großmutter, so weichgekocht ist der.«

Gehmaier hätte eine andere Formulierung benutzt, schmunzelte aber über die drastische Ausdrucksweise des Wieners.

»Der ist vielleicht naiv: ´Die wollten auch nur ihren Spaß haben´, hat er gesagt, das gibt´s ja nicht. Und Angst hat der, vor seiner Frau und um seinen Job. Vielleicht ist er auch so ein Vertragsbediensteter, der schon angezählt ist. Da darf er sich keinen Wickel mit der Polizei erlauben.«

»Ja, das glaub ich auch«, pflichtete Pirker bei. »Übrigens, bei uns in der Wiener LPD sind wir alle per du.«

Gehmaier nutzte den Abend und schrieb seine Berichte, für die er noch lange Zeit in die Tasten schlug.

In den Mails fand er eine Nachricht von seinem Chefinspektor Moser, der ihn informierte, dass die Analyse der Drogenzusammensetzung durch die italienischen Kollegen eindeutig ergeben hatte, dass die Drogen aus dem florentinischen Umfeld stammten. Mayerhofer informierte ihn, dass die weißen Tabletten im von Marcic übergebenen Schokobären jenen Drogen aus dem Magen der Navratilova entsprachen. Die blaue Tablette war, nun amtlich bestätigt, eine potenzsteigernde Substanz für Männer.

Am nächsten Morgen checkte Marko noch rasch seinen privaten Mailaccount, während er an seinem Kaffee nippte, schwarz mit ein bisschen Milch, kein Zucker.

Giuseppe hatte geschrieben, dass das Kennzeichen aus dem Crashvideo zu einem in Sterzing gemeldeten Bike gehörte. Einen Unfallbericht zu diesem Kennzeichen gäbe es aber nicht. Von Chris aus Berchtesgaden gab es keine Nachricht. Vermutlich hätte sie sich gemeldet, wenn sie etwas gefunden hätte. Die Kriminaltechnikerin informierte, dass die IT-Experten vermuteten, dass das Video in einem Internetcafé in Davos hochgeladen worden sein dürfte. Eine exakte Überprüfung sei aber im informellen Weg nicht möglich.

Auf dem Weg zu Fuß in die LPD Wien hing Marko seinen Gedanken nach. Deutete der Upload im Schweizer Davos auf einen Crash in der Schweiz hin? Wie konnte er das erfahren? Hatte er Kontakte in die Schweiz, die ihm helfen würden? Sollte er einen offiziellen Wahrnehmungsbericht verfassen und auf den Cacciatore-Fall in der letzten Bike-Saison hinweisen?

Auf dem Weg ins Besprechungszimmer, drückte er sich noch einen Cappuccino aus dem Automaten, den er dann vor sich auf den Tisch stellte. Der Kaffee war siedend heiß und er noch allein.

Pirker kam mit seinem Chef ein paar Minuten nach dem vereinbarten Besprechungstermin. Schon vom Gang her konnte Gehmaier hören, dass sie intensiv diskutierten.

»Morgen!«, grüßte Obertrummer beim Eintreten. Die beiden anderen erwiderten den Gruß.

Nach ein paar Minuten hatten sie die letzten Fakten ausgetauscht und alle hatten denselben Kenntnisstand.

»Bevor wir unsere Hypothesen schärfen, habe ich noch was«, begann der Chefinspektor. »Ich war gestern zu einem Geburtstagsumtrunk eines Kollegen bei einem Heurigen eingeladen. Da habe ich auch einen alten Freund getroffen, der jetzt bei der Finanzpolizei ist. Wir haben ein bisschen darüber geplaudert, was so läuft und er hat mir erzählt, dass die FinPol gerade eine Schwerpunktaktion gegen die Ärzteschaft fährt. Ihr habt sicher in den Medien gelesen, dass es da gerade einen Schlagabtausch zwischen den armen Ärzten und den noch ärmeren Krankenhausbetreibern und Spitalserhaltern gibt.

Jetzt möchten die ganz oben ein bisschen Druck auf die Weißkittel machen und dabei auch gleich ein wenig Kleingeld für die maroden Staatskassen einheben, ergo FinPol!

Gespielt wird das dann über so kleine Pressemeldungen, wie neulich, als sich jemand empört hat, dass der Herr Primar eines Krankenhauses, eines öffentlichen wohlgemerkt, die Patientin vor einer Operation zuerst in seiner zufällig in der Nähe befindlichen Privatordination - in Wien heißt das Viertel deshalb schon ´die goldene Meile´ - untersuchen wollte. Gegen Bares, ohne Beleg, ohne Krankenkasse. Und schon ein Skandal!

Ist ja sicher bei Euch in Klagenfurt auch so, dass der Herr ´Gott in Weiß´ nur für ein Zusatzhonorar das Skalpell vom sterilen Tuch nimmt, oder?«, wandte sich Obertrummer scheinbar amüsiert zu Gehmaier. »Und deshalb schaut sich die FinPol jetzt mal ein paar dieser Herren und deren Ordinationen genauer an.

Zur Sache«, schien er sich selbst zu disziplinieren, »und da taucht dann unser Herr Primar Dr. Finkhaus auf. Wie ein Gerücht - Sie verstehen - sagt, soll auch er ein paar Busen und Näschen so diskret und privat verschönert haben, dass nicht einmal das Finanzministerium etwas davon erfahren hat. Dazu soll er auch noch ein paar Wohnungen in Wien so billig vermieten müssen, dass er kaum die Kosten decken kann.

Aber das ist die Sache der Finanzpolizei. Wir müssen nur checken, ob es da irgendeine Verbindung zu unserer Toten gibt. Und vielleicht hat der ja noch andere Leichen im Keller. Soweit dieser Punkt.« Erfreut, dass er das losgebracht hatte, aber auch ein bisschen abgespannt lehnte sich Obertrummer zurück. Er sah müde aus, fand Marko. Wirkte der Heurige da etwa noch nach?

Gehmaier und Pirker hatten schweigend zugehört. Der Schlagabtausch gegen die Ärzteschaft war natürlich bekannt. Die FinPol-Aktion hatte beide jedoch überrascht, die Verstrickung Finkhaus´ besonders.

»Also, beim Finkhaus können wir eh nur noch einmal nachfragen und ein bisschen Druck aufbauen«, meinte Pirker, »er soll sich laut Aschauer mit der Navratilova unterhalten haben. Aber das hat der Novak auch. Und der ist offenbar auch der Organisator der Party, hat die Mädels und die Tabletten organisiert. Es hat keiner der Befragten bestritten, dass es sich um Prostituierte handelt, bewiesen ist es aber auch nicht. Keine ist offiziell registriert.«

»Apropos Tabletten, ich darf daran erinnern, dass die weißen Tabletten ´White Explode´ sind und eindeutig aus Florenz stammen, also muss es eine Connection zwischen Wien, respektive Novak, und Florenz oder so geben«, schlussfolgerte Gehmaier.

»Da wir bei den Damen und Herren, die auf dieser Party waren, nicht weiterkommen, sollten wir deren Umfelder unter die Lupe nehmen. Eine Liste des Nachwuchses der Herren im Studentenalter haben wir schon. Da müssen wir jetzt checken, ob wir da weiterkommen. Wir sollten mit dem Novak und seinem Sohn anfangen«, ergänzte Pirker. »Bei den Damen bin ich skeptisch, dass deren Umfeld was hergibt.«

Obertrummer nickte zustimmend. Gehmaier kritzelte mit dem Kugelschreiber auf dem Block herum, während Pirker sich die Nasenwurzel rieb. Schweigend hingen sie ein paar Minuten ihren Gedanken nach.

»Ich sehe kein Motiv für einen Mord«, nahm Obertrummer die Grundlogik der Kriminalistik wieder auf, welche besagte, dass das Motiv den Täter identifiziert. »Nach den bisherigen Fakten hat niemand ein Motiv, die Navratilova umzubringen. Das mit den K.-o.-Tropfen ist auch komisch, das passt irgendwie nicht. Denn die Navratilova war ein Profi, die braucht niemand zu betäuben. Gegen entsprechende Bezahlung hätte jeder mehr von ihr gehabt, wenn sie nicht bewusstlos gewesen wäre«, unterdrückte Obertrummer ein anrüchiges Grinsen und versuchte ernst zu bleiben.

»Irgendwas müssen wir übersehen, aber was?«, murmelte Pirker vor sich hin.

»Wir können nur den Kreis ausweiten. Zuerst den Novak und seinen Sohn, das Umfeld der Toten selbst und die Herren«, wiederholte Obertrummer nochmals. Aber eine durchschlagende Idee war da nicht dabei, das war ihm klar. Die Niederungen der Polizeiarbeit: suchen, graben, fragen und wieder suchen, graben, fragen, und das in immer größeren Kreisen. Er war froh, dass er als Chefinspektor diese lästigen Detailarbeiten nicht selbst machen musste. »Leider, Leute, es hilft nichts«, resümierte er mit besorgter Stimme.

»Ich würde gerne nochmals die klassischen Motive diskutieren. Nicht wer hat ein Motiv, sondern was kann ein Motiv sein.« Gehmaier war einer seiner Vortragenden aus der Kriminalistikausbildung eingefallen, der gemeint hatte, die meisten Fälle lassen sich auf wenige Motive zurückführen.

»Da wären also die Verletzung des Selbstwertgefühls einer Person, die Habgier und die Rache. Oder als Fragen formuliert: erstens: Wen kann Navratilova so gekränkt haben, dass er sie dann umgebracht hat? Zweitens: Was hatte oder wollte Navratilova, das lohnt, dafür einen Mord zu begehen? Und drittens: Wofür könnte sich jemand an Navratilova derart gerächt haben? Hass, Liebe und Eifersucht gibt es natürlich auch noch als Motive, aber laut Statistik eher nachrangig.«

»Kollege Gehmaier«, mahnte Obertrummer, »es ist nett, dass Sie das gelernt haben. Und ich kann Ihnen versichern, dass wir das immer berücksichtigen. Aber sehen Sie, das Problem an den Statistiken sind die Mengen. Es hilft uns leider überhaupt nichts, wenn die meisten Morde wegen des verletzten Selbstwertgefühls begangen werden, wenn wir es hier vielleicht aber mit einer seltenen Kombination aus Habgier und Mordlust zu tun haben.«

Gehmaier nahm das Beispiel auf. »Das würde also bedeuten, jemand hat die Navratilova umgebracht, weil er etwas von ihr haben wollte, kombiniert mit reiner Mordlust.«

Obertrummer war sich nicht sicher, ob Gehmaier ihn verarschen wollte oder ob er es ernst meinte. Er wartete einmal ab. Pirker hatte sich gemütlich zurückgelehnt und wollte sich in Ruhe anschauen, was jetzt kommen würde.

»Ich könnte es auch umdrehen, der Habgierige wollte ihr etwas nicht geben, was sie haben wollte. Ihren Lohn oder so was. Moment! Was ist, wenn sie jemanden erpresst hat?«

»Aha, und womit?«, in Obertrummers Stimme schwang Ungeduld mit.

»Das weiß ich nicht, aber vielleicht finden wir in ihrem Umfeld etwas.«

»Bingo! Jetzt sind wir wieder da, wo ich vorher schon war. Checken Sie das Umfeld: Novak und Sohn, Navratilova zuerst, dann die nächsten. Alles klar?«, klang Obertrummer jetzt gereizt.

»Gut, genau das machen wir jetzt«, übernahm Pirker mit ruhiger Stimme das Wort.

Ohne ein weiteres solches stürmte Obertrummer aus dem Besprechungszimmer.

»Woah, das war knapp. Der hat geglaubt, ich will ihn provozieren, dabei wollte ich wirklich nur die Motivlage diskutieren.«

»Vergiss es. Außerdem hast du ja gesehen, dass es auf dasselbe hinausgelaufen ist.

»Gut, dass ich jetzt wieder ein paar Tage in der Lehrveranstaltung bin. Bis dahin hat sich das wieder abgekühlt«, hoffte Gehmaier.

»Vielleicht, vielleicht auch nicht. Aber jetzt mal im Ernst. Das mit der Erpressung ist gar keine schlechte Idee. Da sollten wir mal nachdenken.«

- 23 -

Netnicky drückte das grüne Symbol auf seinem Handy.

»Hallo Werner«, begrüßte der Anwalt seinen Freund Finkhaus, »wie geht es?«

»Danke! Du, Peter, ich glaube, ich hab ein Problem«, begann Finkhaus unsicher. »Ich weiß nicht, wie ich es sagen soll.«

Netnickys Gedanken schossen zum letzten Bikeausflug nach Velden. Ach du liebe Scheiße, war Finkhaus etwa in die Sache verwickelt?

»Du, Peter«, setzte der Arzt zögerlich fort, »du kennst dich doch mit Scheidungen und so aus. Ich glaube, Clarissa hat einen anderen. Was kann ich tun?«

»Was, deine Frau? Wie kommst du denn da drauf?«

»Sie ist in letzter Zeit irgendwie anders. Weiß nicht. Manchmal so gedankenverloren, dann wieder überdreht.« Eine kleine Pause folgte. »Und dann hab ich neulich jemanden vor unserem Haus wegfahren sehen. Der hatte es recht eilig. Ich bin mir nicht sicher, ob der nicht von unserem Grundstück rausgelaufen ist. Und dann standen noch zwei benutzte Gläser in der Küche. Ich kann mir nicht vorstellen, dass sie für einen zweiten Drink ein frisches Glas genommen hat. Irgendwie ist das komisch. Ich habe einfach ein ungutes Gefühl.«

»Ah, ich verstehe. Aber vielleicht steigerst du dich nur in etwas hinein. Hast du mit ihr gesprochen?«

»Natürlich nicht! Wenn ich da daneben liege, dann ist die Hölle los!«

Netnicky kannte diese Situationen. Als Scheidungsanwalt war er immer wieder damit konfrontiert. Es gab Verdächtigungen, die Betroffenen verstiegen sich immer tiefer in Mutmaßungen, redeten nicht miteinander bis es zur völligen Eskalation kam. Er bemühte sich meist, zu beschwichtigen und Aussprachen herbei zu führen.

»Du weißt, dass eine Aussprache das Beste wäre«, wiederholte er nochmals.

»Das geht nicht. Die würde das nie, sicher nie zugeben, wenn etwas dran wäre.«

»Möchtest du sie beschatten lassen?«

»Ja, an so was habe ich auch schon gedacht. Aber ich weiß nicht. Ist doch auch sau-blöd, oder?«

»Na, blöd ist es nicht. Das machen wir häufiger, als du dir vorstellen kannst. Kostet halt ein paar Hunderter, aber dann hast du wenigstens Klarheit.«

»Und wie läuft das?«, hakte Finkhaus ein.

»Ist ganz einfach. Du sagst mir Bescheid und ich schicke jemanden, der mal ein bisschen beobachtet. Nach zwei, drei Tagen kann ich dir dann vielleicht schon was sagen.«

»So schnell geht das?«, war Finkhaus geneigt das Angebot anzunehmen.

»Ja, kein Problem.«

»Also dann organisiere das bitte. Und danke, Peter!«

Finkhaus, der zum Telefonieren mit dem Auto an den Straßenrand gefahren war, atmete tief durch. So ein Schmarrn, dachte er. Seine Stimmung war am Tiefpunkt. Er spürte, wie er sich aufgeregt hatte und das war noch nicht vorbei. Aber vielleicht war das wirklich eine gute Idee. Und vielleicht stellt sich eh alles als harmlos heraus, hoffte er.

- 24 -

Nach der Abfahrt von der Autobahn A2 machten Erwin junior und Gabriel eine Pause an einer Tankstelle.

»Mann, oh Mann! Diese Autobahnheizerei geht mir voll auf die Nerven«, jammerte Gabriel. »Stundenlang kannst du die Gashand kaum vom Anschlag nehmen. Ich hab schon geglaubt, ich bekomme einen Krampf. Und immer dieselbe Sitzhaltung, so flach auf dem Tank. Das Kreuz tut mir schon weh. Echt nicht lustig! Ich hab´ das letzte Mal schon gedacht, dass du da fast einen Tempomaten brauchst.«

»Das kannst du wohl laut sagen! Noch ein paar Kilometer und du hättest mich wie ein U-Hakerl vom Bock herunter heben müssen«, bestätigte Erwin. »Echt mühsam, ´des zaht si´, sagt man in Wien. Aber von Wien bis nach Oberkärnten musst einfach andrücken. Sonst brauchst du zwei Tage bis in die Dolomiten. Aber jetzt wird´s lockerer. Wir fahren rauf bis nach Hermagor, dann nach Kötschach-Mauthen und durchs Lesachtal. Wenn wir da durchgefahren sind, sind wir schon gleich an der Grenze von Italy«, betonte er weltmännisch.

In Kötschach-Mauthen waren sie nach einer kurzen Pause in Richtung Westen abgebogen und in den folgenden, sehr engen Kurven entlang der alten Straße recht flott, eigentlich schon unvorsichtig, unterwegs. Nach Maria Luggau ging es rasch dahin bis sie nach

Kartitsch die Spitzkehren runter fuhren. Einige Stellen waren nass und Erwin spürte, dass sein Hinterrad beim Aufreißen des Gases aus einer Kurve leicht wegrutschte. In der nächsten Kurve war er vorsichtiger. Kurz vor der italienischen Grenze füllten sie ihre Tanks voll und vereinbarten, zwischen Innichen und Toblach zu nächtigen. Immerhin waren sie schon den ganzen Tag unterwegs und hatten an die fünfhundert Kilometer abgespult.

Am nächsten Morgen waren sie wieder fit und bester Laune. Schließlich lag eine Traum-Motorradstrecke vor ihnen und mit dem Wetter hatten sie auch großes Glück, denn es war kaum eine Wolke über den Bergen zu sehen. Sie fuhren taleinwärts in Richtung Cortina d´Ampezzo, bogen aber dann zum Misurinasee ab und fuhren über den Tre Croci-Pass hinunter nach Cortina.

Auf dieser schön ausgebauten Strecke bot sich eine Gelegenheit für ein kleines Rennen. Eine Gruppe von vier Tourenfahrern aus Tschechien hatte merkbar beschleunigt, als sich ihnen die beiden von hinten näherten. Erwin war gleich in seinem Element. Nach einer Kehre drehte er hektisch am Gasgriff, ließ die Kupplung ruckartig los und zog sein Bike leicht in die Höhe. Bevor die beiden hinteren der Vierergruppe reagieren konnten, war er schon an ihnen vorbeigeschossen und hatte sich mitten in die Gruppe gedrängt. Gabriel klebte an seinem Kennzeichen. Ein Grinsen huschte über Erwins Gesicht, als er sah, dass Gabriel schon wieder hinter ihm war. Na, geht doch, dachte er und schob sein Bike dicht an den vorne fahrenden Tschechen heran. Doch der verdarb ihm den Spaß, indem er einen kleinen Schwenk nach rechts machte, um ihn vorbei zu lassen. Schade, dachte Erwin, und wartete, bis der entgegenkommende Wagen vorbei war und drehte dann voll auf. Mit einem kräftigen Röhren schossen die beiden an den zwei Tourenfahrern vorbei und legten sich fast synchron in die nächste Kurve.

Durch Cortina folgten sie den Hinweisen auf den Falzarego-Pass. Nach dem Skiort kämpften sie zuerst mit den vielen Schlaglöchern und Fahrbahnschäden und liefen dann auch noch auf eine größere Gruppe Radfahrer auf. Die Nummern auf deren Rücken verwiesen auf ein Radrennen. Gabriel sah Nummern jenseits der Tausendermarke und hoffte inständig, dass das Radrennen nach Pocol zum Passo di Giau führen würde. Doch das Gewimmel an Radfahrern, die die ganze Straße blockierten und trotz aufröhrender Motoren und Hupen nicht zum Ausweichen bewegt werden konnten, blieb ihnen bis zur Passhöhe am Lagazuoi erhalten. Erwin war sauer, weil er immer zwischen dem ersten und zweiten Gang hin- und her schalten musste und auch seine Kupplung extrem beanspruchte. Zum Glück zog der Tross der Radfahrer dann zum Val Parola-Pass und Gabriel und Erwin konnten ungestört die Abfahrt bis nach Arabba durchziehen.

Nach knapp drei Stunden, das Radfahrergetümmel hatte sie viel Zeit gekostet, machten sie eine Pause, verdrückten zwei Schokoriegel und tranken Wasser aus ihren Plastikflaschen, um fit für den kurvenreichen

Passo Pordoi zu sein. Ab Canazei mussten sie ihr Tempo mäßigen, denn durch das Val di Fassa standen innerorts und außerorts sehr viele Radarkästen, die durch ihre orange Signalfarbe aber leicht zu erkennen waren. Durch das Val Floriana Richtung Trento genossen sie die schattigen Stellen, die in der Nachmittagssonne eine angenehme Abkühlung brachten.

Gabriel war überrascht, dass Erwin statt Richtung Gardasee ins Zentrum von Trient abbog. An einer roten Ampel hielt Gabriel neben Erwin und schob das Visier hoch.

»Hey, was hast du denn vor? Wollten wir nicht zum Gardasee?«, musste er wegen des Motorengerassels und wegen des Motorradhelms laut schreien.

»Ja, schon, aber ich treffe in Trient noch den Alberto auf einen Café«, brüllte Erwin zurück und drehte schon wieder am Gas, denn die Ampel war auf grün gesprungen. Gabriel drückte den Gang rein und setzte nach. Er musste aufpassen, dass er Erwin in dem Verkehrsgewühl nicht verlor, denn sie hatten nicht ausgemacht, wo sie sich treffen würden, falls sie sich verlieren sollten.

Eine Stunde später stiegen sie vor einer Cafeteria auf ihre Bikes und suchten durch die Stadt die Auffahrt zum Monte Bondone. Erwin und Gabriel hatten mit Alberto an einem der Tische unter der Sonnenmarkise einen leckeren Cappuccino getrunken und ein Panini gegessen. Zwischendurch war Alberto im Haus verschwunden, gleich darauf auch Erwin, der vorsorglich seinen kleinen Rucksack mitgenommen hatte. Gabriel hatte sich gefragt, ob Alberto etwas mit Erwins Einkauf in Florenz zu tun hatte oder ob das in Florenz eine andere Sache gewesen war. Ich will es gar nicht wissen, dachte er, sonst hänge ich womöglich mit drin. Nach ein paar Minuten waren sie gemeinsam plaudernd zurückgekommen, hatten bezahlt und sich verabschiedet.

Die Pause hatte Gabriel gut getan. Jetzt war er wieder fit und fuhr ambitioniert an Erwin vorbei, um vor ihm die Abzweigung zur Strecke über den Monte Bondone-Pass zu nehmen, falls Erwin die einfachere Strecke über Vezzano gewählt hätte. Im unteren Teil hatten sie eine wunderbare Aussicht auf das in der Spätnachmittagssonne liegende Trento. Die nachfolgenden vielen, engen Kehren bei der Auffahrt waren anstrengend. Umso leichter fuhren sie dann die langen Geraden und übersichtlichen, weiten Kurven auf der Westseite bis Dro hinunter. Das eine oder andere kurze Match, das sie sich mangels anderer Biker oder Autos miteinander lieferten, erhöhte den Spaßfaktor. In Torbole am Gardasee war viel los, aber sie hatten Glück und fanden rasch ein Quartier für die Nacht. Bald danach machten sie sich auf, um sich in das Nachtleben der kleinen Stadt am See zu schwingen.

Da sie nur vier Tage Zeit hatten, mussten sie sich bereits am nächsten Tag, einem Samstag, wieder auf den Rückweg machen. Sie fuhren über Rovereto ins Val Sugana und über Feltre bis nach Longarone. Gabriel erinnerte sich, dass er in einer Fernsehdoku einmal einen Bericht über einen verheerenden Dammbruch gesehen hatte, der weite Teile des Tales überschwemmt hatte. Die hohen Bergketten zu beiden Seiten des Tales kamen ihm jetzt direkt unheimlich vor. In Longarone bogen sie zum Val Celina ab und mussten vor einer roten Ampel, die die einspurige Befahrung der engen Tunnel regelte, ein paar Minuten warten. Mehrere Biker standen schon mit abgestellten Motoren vor ihnen. In Erwin kribbelte das Race-Feeling. Ob sich da das eine oder andere Match ergab? Diszipliniert fuhren die Biker durch den Tunnel. Erwin wurde ein bisschen enttäuscht, denn einige der Sonntagsbiker bogen gleich nach dem Tunnel auf den Parkplatz ab, um sich die tief eingegrabene Schlucht anzusehen. Erwin und Gabriel hatten aber noch einige Gelegenheiten, ihr fahrtechnisches Können zu beweisen. Erst kurz vor Barcis mahnten sie die entgegenkommenden Autos und Biker mit Lichtsignalen zur Vorsicht. Und wirklich standen dann an einem Parkplatz am schönen See einige Carabinieri, die schon drei Biker beamtshandelten. Puh, Glück gehabt, dachte sich Erwin, zog im Dahinrollen die Kupplung und ließ den Motor grollend aufheulen. Nach Maniago fuhren sie in Richtung Val Canale, wo sie in Chiusaforte zum Sella Nevea abbogen. Gabriel lächelte unter seinem Helm, weil ihn der Name des Passes immer an sein ähnlich klingendes Aftershave erinnerte. Sie fuhren die Nebenstraßen entlang, bogen aber statt nach Tarvisio zum Passo di Predil mit der aufgelassenen Grenzstation zwischen Italien und Slowenien ab. Wenig später erreichten sie das Sočatal mit dem außergewöhnlichen smaragdgrünen Wasser. Wieder einmal Zeit für ein Nachtquartier.

Am Sonntagmorgen war der Himmel grau in grau. Bald hatten die beiden den Vršič-Pass erreicht und schraubten sich die überraschend vielen Serpentinen der Südrampe zur nur sechzehnhundert Meter hohen Passhöhe hoch. Deutlich waren immer wieder die Stellungen und Bunker der Isonzofront aus dem Ersten Weltkrieg zu sehen, die seit über hundert Jahren wie Nester an den Felsen klebten. Die nordseitige Abfahrt nach Kranjska Gora war schön zu fahren. Wegen der hochstrampelnden Radfahrer und einiger Biker mussten sie jedoch gut aufpassen, da einige Haarnadelkurven sehr unübersichtlich waren. Dazu kamen noch ein paar besonders heikle Kehren weiter unten, die mit Kopfsteinpflaster ausgelegt und bei Sand oder leichter Nässe schnell extrem rutschig werden konnten.

Bald waren sie über den Wurzenpass und hielten unten im Tal an.

»Das Wetter wird auch nicht besser. Hast du die Vorschau gecheckt?«, frage Erwin mit besorgtem Blick zum Himmel.

»Nö, hab ich nicht. Beim letzten Quartier mit free WLAN hab ich leider nicht daran gedacht. Warte mal, ich kann ja jetzt schauen«, entgegnete Gabriel und begann nach seinem Handy zu suchen.

»Oh shit«, stellte er nach ein paar Minuten fest. »In Klagenfurt, Graz und Wien ist heute durchgehend Regen angesagt. Das heißt, es wird scheiß-nass. Und wir haben noch eine ordentliche Strecke vor uns. Hast du Regenzeug dabei?«

»Nein, hab´ gehofft, dass das Wetter hält. Wird schon nicht so schlimm werden. Also, auf geht's!«

Erwin schwang sich auf sein Bike, das gleich darauf aggressiv aufröhrte. Zur Betonung seiner Fahrlust oder was auch immer, drehte er noch ein paarmal am Gas und freute sich über das Grölen des Motors, das er auch als Vibrationen am ganzen Körper wahrnahm. Gemächlich schob Gabriel seinen Helm über den Kopf und sicherte ihn am Kinn, er startete den Motor und ließ ihn im Leerlauf blubbern, während er in die Handschuhe schlüpfte. Als er am Bike saß und den Gang runterdrückte, wartete Erwin schon vorne an der Fahrbahnkante und schoss los, als er sah, dass Gabriel sich näherte.

Sie fuhren am Autobahnknoten Villach vorbei und den Wörthersee entlang. Tief und trist war der Himmel über dem See, der sich ebenfalls dunkelgrau zeigte. Wind war aufgekommen und kräuselte die Wellen bereits sichtbar. Da sie von den Radarüberwachungen wussten, hielten sie sich penibel an die Geschwindigkeitsbeschränkungen, obwohl sie jetzt noch ordentlich ´Meter machen´, also Wegstrecke hinter sich bringen hätten können. Vor Klagenfurt verdichtete sich der Verkehr, erste kleine Regentropfen fielen vereinzelt auf die Helmvisiere. Die Fahrbahn war noch trocken. Aber vor ihnen, im Osten war der Himmel noch finsterer und

Gabriel glaubte in der Ferne schon die Regenfront wie einen trüben grauen Vorhang sehen zu können.

Auf der Nordumfahrung von Klagenfurt hielt der vorne fahrende Gabriel in einer Pannenbucht und winkte Erwin neben sich.

»Da vorne schaut es sehr nach Regen aus! Glaubst du, dass es über das Murtal und die Semmeringschnellstraße besser ist?«, checkte er die Alternativroute nach Wien.

»Weiß nicht«, rief Erwin hinter dem Helm, »ist jedenfalls ein Eck länger. Ich bin dafür, dass wir die A2 weiterfahren, da haben wir wenigstens durchgehend die Autobahn, ist bei Regen besser, glaube ich.«

Gabriel nutzte den Stopp, um eine dünne Regenjacke über die Lederkombi zu ziehen.

Bald darauf wurde das leichte Nieseln stärker, Tropfen sammelten sich am Visier und begannen im Fahrtwind seitlich abzulaufen. Erwin nahm das Tempo zurück, die Fahrbahn war inzwischen durchgehend nass.

Nach Wolfsberg stieg die Autobahn auf die Pack durchgehend an. Gabriel kam es vor, als würden sie direkt in die Wolken hineinfahren. Er versuchte ausreichend Abstand zu den vor ihm fahrenden Autos zu halten, damit ihm diese das Spritzwasser nicht ins Gesicht warfen. Er fluchte, wenn ihn jemand überholte und er eine seitliche Fontäne Wasser aus der Spurrinne abbekam. Um das Beschlagen des Visiers von Innen zu verhindern, hatte er es etwas aufmachen müssen, wodurch ihm das von den Autos hochgewirbelte Wasser ins Gesicht spritzte. Die Scheiß-Autofahrer, schimpfte er in seinen Helm. Im Regen war es spürbar kälter geworden.

Mühsam kämpften sie sich Kilometer um Kilometer vor. Gabriel fragte sich, wie es seinem Kumpel wohl ging, der nicht einmal eine Regenjacke zum Drüberziehen mithatte und versuchte mit der behandschuhten Linken das Visier abzuwischen.

Nach Graz warf Erwin den Blinker raus und bog zu einer Raststation ab. Sie stellten ihre Bikes auf die Seitenständer und gingen, ohne den Helm abzunehmen, in die Gaststube. Drinnen legte Erwin seinen Helm auf eine Bank und warf die nassen Handschuhe dazu.

»Pfoa, ein schöner Scheiß. Ich glaube, ich bin schon durchnass«, schimpfte er und zog den Reißverschluss seiner Lederjacke auf. Um den Hals war ein breiter nasser Rand am Shirt zu sehen.

Gabriels Jacke hatte ihn besser geschützt. Nur seine Handschuhe waren schon nass, aber nicht durchnass. »Mir ist schon kalt an den Füßen«, jammerte er. »Muss mal sehen, ob ich in den Stiefeln schon im Wasser steh, oder ob es sich nur so anfühlt.« Er zog beide Stiefel wieder an, als er gesehen hatte, dass die Socken noch trocken waren.

»Ich will was Warmes. Ich glaube, das wäre jetzt besser als ein kaltes Getränk«, sinnierte Erwin vor sich hin.

»Gute Idee«, bestätigte Gabriel, »geh du den Tee holen. Ich bleib derweilen bei unserem Zeug hier.«

»Nein, geh du und bring mir eine Suppe mit, ich muss eh noch kurz was am Handy checken », entgegnete Erwin, der seine wertvollen Einkäufe nicht aus den Augen lassen wollte.

Durch die Oststeiermark hatte der Regen ein wenig nachgelassen. Später schien er sich gesammelt zu haben, um auf der kurvenreicheren Strecke über den Wechsel an der steirisch-niederösterreichischen Grenze nochmals voller Kraft auf die beiden herunter zu prasseln. Zwischendurch war der Niederschlag so heftig, dass sie unter einer Autobahnbrücke stehen bleiben mussten. Sie warteten das Ärgste ab und fuhren dann die nächste Raststation an.

Dort machte sich gerade eine Gruppe anderer Motorradfahrer zur Weiterfahrt bereit. Die Fahrer der großen Reisetourer und Reiseenduros waren mit ihren regenfesten Jacken und Hosen bestens gerüstet. Als Erwin neben einem älteren Biker mehr zu sich selbst als zu den anderen über den Regen jammerte, meinte dieser im wahrsten Sinne des Wortes ganz trocken: »Es gibt kein schlechtes Wetter, nur schlechte Ausrüstung!«

Erwin gab ihm zwar Recht, meinte aber sarkastisch, dass es auch mit der regenfesten Ausrüstung sicher nicht das reinste Vergnügen sein würde, stundenlang im Regen zu fahren. Der Ältere gab ihm Recht, setzte aber hinzu, »wegfahren tu ich bei Scheißwetter eh nicht, aber heimfahren musst immer.«

Als Erwin sein Motorrad vor seiner Wohnung aufbockte, war seine Lederkombi völlig durchnass, die

Handschuhe konnte er ausdrehen und die Stiefel würden einige Tage brauchen, um wieder trocken zu werden. Unter der heißen Dusche dachte er darüber nach, sich nächstes Mal besser für einen derartigen Wetterumschwung auszurüsten. Und er war froh, dass seine Einkäufe wasserdicht in Plastikfolien eingeschweißt waren.

- 25 -

Finkhaus ging wie benommen von Netnickys Kanzlei in die Tiefgarage und setzte sich in seinen weißen SUV. Er musste jetzt mal durchatmen, nachdenken. Verdammt. Misstrauisch, wie er war, hatte er es befürchtet, aber doch gehofft, dass er sich bei seinen Verdächtigungen gegen seine Frau irren würde. Aber jetzt hatte sich sein Misstrauen bestätigt.

Die Fotos, die ihm sein Freund Peter eben vorgelegt hatte, waren eindeutig. Nach nur drei Tagen Beobachtung hatte der Detektiv zwei Besuche bei Clarissa dokumentiert. Und das in seinem Haus! Wütend schlug er mit der Hand auf das Lenkrad. Verdammt, verdammt, verdammt! Hab ich ihr nicht alles zu Füßen gelegt? Warum macht sie das, diese blöde Schlampe? Sitzt auf meine Kosten in einem Traumhaus. Hat nichts zu tun, als am Swimmingpool zu liegen oder shoppen zu gehen und betrügt mich auch noch. Scheiß Weiber, fluchte er in sich hinein.

Er dachte an die Bilder. Die ersten Fotos waren aus einiger Entfernung aufgenommen worden. Da in der Straße von Finkhaus sehr selten Autos parkten, hatte der Fotograf weiter weg stehen bleiben müssen, hatte der Anwalt erklärt. Sie zeigten, wie ein Motorradfahrer abstieg und durch sein Gartentor eintrat. Nach der Zeitangabe auf den Fotos kam er nach rund zwei Stunden wieder heraus und fuhr weg. Der Bursche war nicht erkennbar, weil er beim Überqueren der Straße den Helm noch auf hatte, am Kinnverschluss herum nestelte und den Helm erst nach Betreten des Grundstücks, für den Detektiv bereits außer Sicht, abgenommen haben dürfte. Ein weiteres Foto von diesem Nachmittag zeigte Clarissa mit einem Mann am Fenster im Obergeschoß beim innigen Küssen. Durch die Reflexion des Fensterglases war der Bursche jedoch nicht erkennbar. Beim Herauskommen hielt er ein Handy ans Ohr und verdeckte mit dem Arm das auch noch abgewandte Gesicht, setzte sich den Helm auf und schoss in Richtung des im Auto lauernden Fotografen vorbei, sodass der auch das Kennzeichen nicht mehr erkennen konnte.

Zwei Tage später, fast zur gleichen Zeit am frühen Nachmittag, wiederholte sich das Ganze. Aber da war die Situation noch dreister. Das Tor war geöffnet worden, der Biker hineingefahren und nach knapp drei Stunden wieder recht forsch herausgefahren und mit großer Beschleunigung davon gerast.

Finkhaus überlegte, was das für ein Tag war, an dem sich Clarissa so sicher gewesen war, dass sie den Besucher in die Einfahrt hineinfahren hatte lassen. Was war da gewesen? Er ging im Geiste seinen Terminkalender der letzten Woche durch. Graz! Er war an diesem Tag bei einer Tagung einer Pharmafirma in Graz gewesen. Die hatte an diesem Nachmittag mit einem abendfüllenden ´Networking´ unter Kollegen begonnen und wurde am folgenden Vormittag mit Vorträgen zu neuen

Produkten zur pharmakologischen Anti-Ageing-Unterstützung fortgesetzt. Sie nutzte also seine Abwesenheit über Nacht aus. Seltsamerweise war der Besucher trotzdem früh gekommen und nicht über Nacht geblieben.

Bei diesem zweiten Besuch des Motorradfahrers hatte der Detektiv wenigstens das Kennzeichen mehrfach fotografiert. ´W.INER 66´, hatte Finkhaus gesehen. Auch noch so ein doofes Wunschkennzeichen. Es war zum Aus-der-Haut-fahren. Wer war der Kerl?

Der Anwalt hatte ihm erklärt, dass es zwar leicht wäre, den Fahrzeughalter zu identifizieren, aber illegal und daher riskant. Finkhaus hatte abgelehnt. Er wollte erst einmal in Ruhe nachdenken und das alles verdauen. Er musste sich überlegen, ob er Clarissa mit den Fakten konfrontieren sollte oder nicht.

- 26 -

Bedingt durch die Kriminalistikausbildung war Gehmaier ein paar Tage nicht in die Ermittlungen eingebunden gewesen.

In der Besprechung mit Mayerhofer und ihm berichtete Chefinspektor Moser über eine telefonische Abstimmung mit seinem Kollegen Obertrummer von der Wiener LPD. Obertrummer und Pirker hatten ordentlich gearbeitet und einige neue Fakten dokumentiert.

Obertrummer führte aus, dass die Wiener weitere Befragungen bei den Damen mehr oder weniger ohne neue Erkenntnisse durchgeführt hatten. Das einzige, was sich hier langsam verdichtete, war der Verdacht, dass die Damenrunde aus dem ´Hotel am See´ in Velden zu einer Gruppe mehrerer junger Frauen gehörten, die offenbar von Novak, dem Gastronomen, organisiert worden war. Dies war aus unterschiedlichen Aussagen klar geworden. Somit erhärtete sich der Verdacht, dass Novak der Drahtzieher hinter den Geheimprostituierten und den Drogen war.

Gehmaier riss die Augen überrascht auf, als Moser weiters berichtete, dass die Wiener möglicherweise auch die gesuchten sprichwörtlichen Leichen im Keller von Finkhaus gefunden hätten.

»Der Obertrummer hat mir erzählt, dass sein Freund bei der FinPol, der ja weiß, dass wir in der Sache ´Navratilova´ recherchieren, ihm den Tipp gegeben habe, mal über die öffentlichen Register die Bewohner der von Finkhaus vermieteten Wohnungen zu prüfen. Die Abfrage von Obertrummers Teamassistentin im Zentralen Melderegister hatte eine Liste von sieben Personen im Alter von neunzehn bis fünfundzwanzig Jahren ergeben, die dort gemeldet waren. Auffällig sei sofort gewesen, dass drei davon slowakische Staatsbürger sind. Und dann ist Pirker gleich der Name Navratilova ins Auge gesprungen. Er hatte sich gefragt, ob das ein Zufall sein konnte. Immerhin ist Navratilova ein häufiger Name. Dann hat sich tatsächlich herausgestellt, dass ausgerechnet unsere tote Navratilova in einer Wohnung von Finkhaus gewohnt hatte. Das wäre ja nicht verboten. Interessant ist aber, dass der Finkhaus so getan hat, als würde er sie in Velden nur kurz gesehen haben. Dass sie eine Mieterin von ihm ist, hat er jedenfalls nicht zugegeben.«

»Na, das muss ja nichts heißen«, warf Mayerhofer ein, »er kann ja eine Hausverwaltung mit der Vermietung beauftragt haben und die Mieter tatsächlich nicht persönlich kennen.«

»Schon richtig, Frau Kollegin«, setzte Moser fort. »Es gibt da aber noch ein interessantes Detail, das uns sicher weiterhelfen wird. Erstens wurden nur die Mietverträge vom Anwalt gemacht, alles andere macht der Herr Primar selber. Und zweitens hat die FinPol dem

Obertrummer gesteckt, dass die Mieten, die in Finkhaus´ Büchern aufscheinen, lächerlich gering sind. Für die FinPol ein sehr deutlicher Hinweis, dass der Herr Primar sein Geld außerbücherlich kassiert, um das mal so auszudrücken.«

»Das heißt, er dreht eine Runde und kassiert schwarz«, folgerte Gehmaier. »Und das heißt auch, dass er die Navratilova gekannt haben muss. Außerdem hat der Aschauer ausgesagt, dass er die beiden gesehen hat. Bingo. Den sehen wir uns mal näher an.«

»Jawohl!«, bestätigte Moser den Vorschlag. »Sie fahren gleich morgen nach Wien. Der Pirker wartet schon.«

Den restlichen Tag hatte Gehmaier alle Hände voll zu tun, um den Papierkram zu erledigten. Die überraschende Dienstreise nach Wien passte überhaupt nicht in seine Planung. Jetzt hatte er Stress deswegen.

Abends checkte Marko Gehmaier seine privaten Mails. Noch immer nichts Neues zum Crashvideo mit dem italienischen Kennzeichen. Sollte er nochmals bei Giuseppe und Chris urgieren? Ach was, die hätten sich sicher gemeldet, wenn sie etwas gefunden oder erfahren hätten. Oder hatten die beiden es vergessen? Wo könnte der Unfall sonst noch passiert sein, fragte er sich erneut, wenn es bei seinen Quellen in Österreich, Italien und Deutschland keine Unfallberichte gab? Er kam wieder auf die angrenzende Schweiz, Slowenien, auch Frankreich mit den schönen Bikestrecken in den Westalpen, fiel ihm ein. Aber er verwarf das wieder. Schien ihm irgendwie zu weit weg. Es schied auch Slowenien als Unfallort aus, weil das nicht mit dem möglichen Upload in Davos zusammenpasste. Er überlegte, was er tun könnte, und wen er in der Schweiz kannte, der ihm vielleicht einmal informell helfen könnte. Es fiel ihm niemand ein. Ich muss noch für morgen zusammenpacken, dachte er und stand vom Schreibtisch auf. Vielleicht würde sein Gedächtnis danach noch auf die Sprünge kommen.

Eine knappe viertel Stunde später stand seine kleine Reisetasche für den Frühzug um Viertel vor sechs Uhr bereit, mit dem er um zehn Uhr bei Pirker in der LPD Wien sein konnte.

Jetzt musste er endlich wieder mal etwas Warmes essen.

In der Pfanne brutzelten bald zwei in kleine Ringe geschnittene Zwiebeln in zwei Esslöffel Olivenöl. Marko rührte die Zwiebeln immer wieder um, während er die vier kalten, gekochten Kartoffeln schälte. Ober dem Herd stand ein Weinglas auf dem Dunstabzug, halb gefüllt mit einem Rosé, den er eine halbe Stunde zuvor mit dem Käse aus dem Kühlschrank gestellt hatte.

Marko hatte noch eine neue Packung Milch gefunden, sie heraus genommen und nachgesehen, woher die Milch stammte. Aus dem Grutschtal, las er, also jener Region, über die seit Tagen in den Medien wegen der möglichen Vergiftung der Ackerböden und Viehweiden mit einem krebserregenden Verbrennungsrückstand berichtet wurde. Marko, der grundsätzlich regionale

Produkte kaufte, war entsetzt gewesen, dass so etwas in Österreich passieren hatte können. Die Bewohner der betroffenen Region taten ihm Leid. Viele betrieben Bio-Bauernhöfe, versuchten gute Qualität zu erzeugen und jetzt das. Er verstand, dass die Leute, die jetzt nicht wussten, ob sie ihr eigenes ungespritztes Obst oder Gemüse ohne Gefahr essen durften, verzweifelt waren. Mütter weinten im Fernsehen, wenn sie erzählten, dass sie ihren Kleinkindern extra das Gemüse aus dem eigenen Garten gekocht hatten und jetzt befürchten mussten, ihren Kindern damit sogar geschadet zu haben.

Er drehte die Packung in der Hand und überlegte, was er damit tun sollte. Durfte man vergiftete Milch in den Ausguss schütten oder in den Biomüll werfen oder musste er sie als Problemstoff oder gar Giftmüll im Sondermüllsammelzentrum extra entsorgen lassen?

Als die Zwiebeln eine leichte Bräunung erreicht hatten, rührte Marko nochmals um, damit sie beidseitig schön gleichmäßig angebraten wurden. Er nippte am Weinglas, bevor er eine Kartoffel in die Hand nahm und rund drei Millimeter dicke Scheiben abschnitt, die er auf die Zwiebelringe fallen ließ. Als er alle vier Kartoffeln blättrig in die Pfanne geschnitten hatte, nahm er die breite Pfannenschaufel und wendete die Kartoffeln und die Zwiebeln. Der Duft der brutzelnden Kartoffeln erfüllte die kleine Küche.

Er griff in sein Gewürzregal und fügte Salz hinzu, dann etwas Pfeffer aus der Mühle und je eine Prise Majoran, Rosmarin und gehackte Petersilie aus Mutters Garten. Immer wieder wendete er die Kartoffeln mit Zwiebeln. Zwischendurch fing er mit dem Deckel auf der Pfanne die Hitze ein. Er schnitt Blauschimmelkäse und den Rest vom Parmesan, den er noch im Kühlschrank gefunden hatte, in kleine Würfelchen und streute sie in die Hitze der Pfanne. Dann deckte er die Pfanne wieder zu.

Fast so regelmäßig, wie er in der Pfanne umrührte, nippte er am Weinglas mit Rosé. Er schlug ein Ei in eine kleine Schale, streute eine Brise Meersalz darüber und schlug beides mit einer Gabel auf. Zwischendurch hob er den Deckel und wendete die Kartoffeln mit Zwiebeln und Käse. Ein wunderbarer Duft entkam aus der Pfanne und ließ ihm das Wasser im Mund zusammenlaufen. Als der Eidotter mit dem Eiklar ausreichend verquirlt war, hob er wieder den Deckel und goss das Ei in einem schwungvollen Bogen über das brutzelnde Kartoffel-Käse-Zwiebelgemisch. Mit der rechten Hand schupfte er die Pfanne ein paar Mal und deckelte sie wieder zu. Er schaltete den Herd aus und goss sich Rosé in das Weinglas nach.

Während er am Wein nippte, sah er auf die Uhr und legte fünf Minuten fürs Durchziehen seiner Tortilla fest. Er freute sich auf sein Abendessen, dessen Zubereitung er bei einem Besuch seiner Schwester Kathi in Valencia gelernt hatte. Als Individualist liebte er es, das Rezept nach seinen Vorlieben abzuändern, meist musste er sich aber flexibel an den Gegebenheiten seines Kühlschrankinhaltes orientieren. Anschließend nahm er noch eine Tomate aus dem Korb, wusch sie sorgfältig und achtelte sie auf dem Schneidebrett. Dann stellte er ein großes flaches Teller bereit und schob die Tortilla aus der Pfanne sorgfältig drauf. Die Tomatenspalten legte er sternförmig dazu. Zufrieden mit dem schönen und appetitlichen Anblick hob er seinen Teller auf, nahm das Weinglas, das er vorher aufgefüllt hatte, und ging zum Esstisch. Das Besteck hatte er schon bereit gelegt.

Schade, dass es mit Marina nicht geklappt hatte, dachte er, als er alleine am Tisch saß. Die junge Frau hatte ihm gut gefallen und sie hatten sich auch ganz gut verstanden. Doch leider hatte die Urlaubsbekanntschaft, die er beim Skifahren gemacht hatte, den Druck des Alltags und der Ferne nicht ausgehalten. Sie war beruflich in Innsbruck gebunden und er hatte neben Beruf und seiner kriminalistischen Ausbildung einfach zu wenig Zeit. Er nahm sich vor, sie wieder einmal anzurufen. Besser wäre es, einmal mit dem Bike nach Innsbruck zu fahren oder sich mit ihr in Südtirol, wo alles begonnen hatte, zu treffen.

- 27 -

Pirker wartete im Büro auf Gehmaier. Als dieser durch die Tür schritt, stand Pirker auf, begrüßte ihn kurz, hieß ihn die Tasche in den Schrank zu stellen und machte sich schon auf den Weg zum Lift.

»Wir fahren jetzt gleich zu Finkhaus und konfrontieren ihn mit den neuen Fakten«, erklärte Pirker während der Lift sanft nach unten glitt.

»Ich hoffe, der steht nicht im OP und operiert gerade«, meinte Gehmaier mit gesenkter Stimme.

»Ja, das wäre blöd. Denn da können selbst wir nicht hineinplatzen«, erwiderte Pirker in derselben Stimmlage. »Mal sehen!«

Hinter dem Mahagonipult mit der rosafarbigen Steinplatte stand diesmal eine andere junge Dame mit blondem, schulterlangem Haar und einem ebenmäßigen, klaren Gesicht. Mindestens ebenso hübsch, wie jene, die Gehmaier vom letzten Besuch in Erinnerung hatte. An der hat der Herr Schönheitschirurg sicher nichts verbessern müssen, dachte er.

»Guten Tag, Gehmaier und Pirker, LPD Wien«, verkündete er. »Zu Herrn Finkhaus bitte«, setzte er mit bestimmender Tonlage hinzu.

»LPD?«, fragte sie freundlich, »wofür steht das? Verzeihen Sie, ich bin neu hier«, setzte sie entschuldigend dazu.

»Das heißt Landespolizeidirektion und dass wir es eilig haben«, mischte sich Pirker ein.

Betroffen machte sich die Dame auf den Weg zu Finkhaus´ Büro. Sie klopfte dezent an und öffnete die Tür, blickte kurz hinein und zog die Tür gleich wieder zu. Sie warf einen entschuldigenden Blick zu den beiden Polizisten, drehte sich um und ging den Gang weiter hinunter, durch eine gläserne, aber mattierte Doppeltür durch. Gehmaier konnte ein paar aufgeklebte, rot umrandete Hinweise erkennen, aber die kleine Schrift auf die Distanz nicht mehr lesen. Er vermutete, dass das der Patientenbereich, wenn nicht gar der OP-Bereich war.

»Na hoffentlich bastelt der nicht gerade an einem Busen«, näselte Pirker zynisch.

Im gleichen Augenblick schwangen die Doppelflügel wieder auf und die Blonde kam mit schwungvollen Schritten zurück.

»Der Herr Primar ist gerade fertig geworden und muss sich nur noch umziehen«, erklärte sie freundlich.

Gehmaier sah zu Pirker hinüber und glaubte seine Gedanken lesen zu können.

»Darf ich Sie weiter bitten?«, fragte die junge Dame mit übertriebenem Lächeln und ging wieder zu Finkhaus Büro. »Möchten Sie Kaffee oder sowas?«

Beide verneinten, während sie sich auf ihre Geste hin an den Besprechungstisch setzten.

Ihre Blicke wanderten durch das Büro. In einem Regal standen die üblichen medizinischen Fachbücher. Auf einer Ablage stapelten sich Zeitschriften. Gehmaiers Blick nahm sofort die aktuelle Ausgabe einer Motorradzeitschrift wahr, die er am Morgen im noch versperrten Kiosk am Bahnhof gesehen hatte. Ein Feinspitz, dachte er, der hat die sicher abonniert. An der Wand hinter dem ledergepolsterten Chefsessel des Doktors hingen mehrere Urkunden. Ein Diplom der Universität Wien konnte Pirker erkennen, die anderen sagten ihm ohne nähere Betrachtung nichts. Aus der Fensterfront hatten sie einen schönen Ausblick auf den Park auf der gegenüberliegenden Straßenseite. Jetzt fiel Gehmaier auf, dass der Straßenlärm nicht zu hören war. Gute Isolierverglasung, vermutete er.

Als Finkhaus eintrat, grüßte er freundlich und fragte die beiden Gäste, ob sie schon nach Kaffee oder Getränken gefragt worden seien, was beide wieder dankend ablehnten.

»Herr Finkhaus«, begann Pirker und ließ bewusst die übliche Anrede mit ´Primar´ und ´Doktor´ weg. »Sie haben uns das letzte Mal angelogen«, stellte er nüchtern fest und ließ das so stehen.

»Ah, und wobei soll das gewesen sein?«, ließ sich Finkhaus nicht aus der Ruhe bringen.

»Sie haben ein Foto von der getöteten Frau Navratilova gesehen und uns nicht gesagt, dass Sie die Dame kannten.«

»Das sagt mir jetzt nichts«, wiegelte Finkhaus ab. »Wie heißt, ähm hieß, die Dame auf dem Bild?«

»Tatjana Navratilova.«

Na, der Typ ist ja abgebrüht, fühlte sich Gehmaier, der sich noch genau an das Gespräch erinnern konnte, gefrotzelt. Da hatte Finkhaus doch gesagt, dass er die Tote in der Kellerbar gesehen hatte.

»Herr Finkhaus«, hakte Pirker ein. »Sie haben uns gesagt, dass Sie glauben, die Getötete unter den Gästen in der Kellerbar gesehen zu haben.«

»Ja, wie Sie richtig sagen, ich glaubte, die Frau auf dem Foto in der Kellerbar gesehen zu haben.«

»Herr Finkhaus, die Tote ist Tatjana Navratilova, sie war eine Ihrer Mieterinnen in der Margaretenstraße.« Pirkers Stimme klang verärgert. Er wollte sich von Finkhaus nicht verarschen lassen und legte ordentlich was drauf, indem er behauptete: »Wir wissen, dass Sie den Großteil der Miete in bar kassiert haben. Sie waren immer wieder in der Wohnung und haben das Geld persönlich abgeholt.«

»Das ist ja eine Frechheit, was Sie da behaupten«, empörte sich Finkhaus. Nach eine kurzen Reaktionszeit wollte er zurückschlagen. »Das muss ich auf das Schärfste zurückweisen und Sie bitten zu gehen.«

»Moment, wir sind noch nicht fertig«, erwiderte Pirker so selbstbewusst, dass Gehmaier zusammenzuckte.

»Was noch?«

»Wir können beweisen, dass Sie die Miete schwarz kassiert haben«, erklärte Pirker jetzt wieder mit ruhigerem Ton.

»Aha, und wie wollen Sie das machen?«, grinste Finkhaus überlegen.

»Wir haben Zeugen, die das bestätigen«, setzte Pirker nach.

Finkhaus´ Gesicht wurde ernst, die Überlegenheit verblasste. Das hatte gesessen. Aber Gehmaier fragte sich, ob sich sein Kollege nicht zu weit aus dem Fenster lehnte und war noch verblüffter, als Pirker fortsetzte.

»Und wir können auch beweisen, dass Sie finanzielle Engpässe bei den Mieterinnen schamlos ausgenutzt haben und, sagen wir mal freundlich formuliert, sich in Naturalien zahlen haben lassen.« In Pirkers Tonfall war kein Zweifel zu hören. Woher nimmt der diese Coolness?, fragte sich Gehmaier.

Pirker holte zum letzten Schlag aus und sagte: »Wissen Sie, wir haben auch Kontakte zur Finanzpolizei, die sich ja gerade Ihre Buchhaltung zu den Vermietungen ansieht.«

Volltreffer, dachte Gehmaier. Finkhaus versank in seinem Sessel, sein Gesicht wurde fahl und tief gezeichnet.

»Also, warum haben Sie die Navratilova umgebracht?«, hakte Pirker nach. Offenbar wollte er nicht mit dem blöden ´gestehen Sie´ und so weiter anfangen.

Finkhaus starrte vor sich hin. Gehmaier konnte nicht erkennen, was in ihm vorging. Sekunden vergingen als wäre die Zeit angehalten worden.

»Ich, ich hab Sie nicht umgebracht«, beteuerte Finkhaus schließlich. »Warum hätte ich das tun sollen?«

»Weil Sie erpresst wurden!«

»Wegen der Steuerhinterziehung? Das ist doch lächerlich. Deswegen bringt man doch niemanden um!«

»Nein, wegen der Nötigung und dem sexuellen Missbrauch. Da sieht die Sache gleich anders aus.«

Finkhaus ergriff die Flucht nach vorne.

»Ich hab die Navratilova nicht umgebracht. Das können Sie mir glauben. Und überhaupt ist das lächerlich. Als Arzt hätte ich sicher nicht K.-o.-Tropfen verwendet. Da gibt es andere Mittel, wie Sie wissen.«

Gehmaier war erstaunt. Anscheinend war das mit den K.-o.-Tropfen irgendwie durchgesichert, denn in den Medien war die Todesursache nicht genannt worden, dachte er sich.

»Wieso kommen Sie auf K.o.-Tropfen?«, fragte Gehmaier.

Finkhaus reagierte blitzschnell. »Ich glaub, ich hab das Gerücht in Ärztekreisen aufgeschnappt. Sie wissen, da kennt jemand jemanden, der jemanden kennt und so weiter«, versuchte er sich herauszuwinden.

Jetzt zappelte Finkhaus am Haken und wand sich wie ein Aal. »Fragen Sie doch mal den Novak. Der hätte ein Motiv!«

Gehmaier ließ sich die Chance nicht entgehen. »Und welches soll das sein?«

»Na, wegen den Prostituierten und dem Rauschgift«, griff Finkhaus verzweifelt nach dem Strohhalm.

»Das werden wir uns sicher genau ansehen«, versprach Pirker und blickte kurz zu Gehmaier.

»Na dein Bluff ist aber gerade noch gut gegangen«, lobte Gehmaier seinen Kollegen, als sie zum Auto gingen.

»Was heißt da Bluff? Das steht auf stählernen Beinen! Ich habe gestern meine Hausaufgaben gemacht und die Mieter der Wohnungen befragt. Das wurde alles exakt so ausgesagt und protokolliert. Das war kein Bluff. Das mit der schwarz kassierten Miete war ja eher problematisch. Nachdem die gehört haben, dass die Navratilova tot ist, haben die kalte Füße bekommen. Wollten nichts mehr sagen, die in der Wohnung, wo die Navratilova gewohnt hat, meine ich. Ich glaube, die anderen haben das gar nicht mitbekommen. Aber von den Mitbewohnerinnen der Navratilova habe ich dann erfahren, dass Navratilova sich mit anderen zusammen getan hatte, um die Nötigungen zu beweisen.

Unklar ist bisher nur gewesen, ob sie ihn erpresst hat, was ja jetzt von Finkhaus mehr oder weniger bestätigt wurde. Die anderen Frauen glaubten, dass die Navratilova zur Polizei gehen wollte. Aber offenbar war der die Kohle lieber. Ist auch verständlich, dass sie bei ihrem Nebenjob auf die Bestrafung der Nötigung pfeift. Die anderen sind harmlose Studentinnen, die beinhart ausgenutzt worden sind. Die werden jetzt aber eine Anzeige gegen Finkhaus erstatten.«

Jetzt war Gehmaier wirklich verdattert. »Gute Arbeit! Respekt! Wirklich gute Arbeit!«

Finkhaus war in der Zwischenzeit von einer Streife in Zivil unauffällig in die LPD gebracht worden, wo er unter Beisein seines Anwalts seine Aussage vor Pirker und Gehmaier wiederholte und das Protokoll unterschrieb.

Jetzt fehlte nur noch Novak.

Als sie am späteren Nachmittag ins Piano Rosso kamen, war Novak nicht im Lokal. Die beiden Polizisten befragten einen Kellner und eine Dame hinter der Schank, nach Novaks Verbleib.

»Der Chef meldet sich nicht bei mir ab«, züngelte die gut vierzigjährige Frau. »Ich weiß nur, dass er am kommenden langen Wochenende bei irgendeiner Veranstaltung auswärts ist.«

»Das ist erst übermorgen. Ist er jetzt in einem der anderen Lokale?« fragte Gehmaier.

»Leider, ich weiß es nicht. Er kommt und geht, ohne was zu sagen. Wir wissen nie, wann er da ist.«

Gehmaier bat die Frau hinter der Theke, Novak auszurichten, dass sie noch eine Frage zum ´Hotel am See´ hätten und ihn bitten würden, sich zu melden. Er versuchte, das so harmlos wie möglich klingen zu lassen, um Novak nicht zu sehr aufzurütteln.

Auch Pirker hatte kaum mehr erfahren. Der Kellner hatte erzählt, dass er, als Novak neben ihm telefonierte, etwas wie ´Motorrad´ und ´Kärntner See´ aufgeschnappt hätte.

Als Gehmaier das von Pirker hörte, fiel ihm natürlich sofort ein, dass am kommenden Wochenende, na, eigentlich die ganze Woche davor und danach, die ´Alpine Bike Days´ stattfanden. Er wusste das so genau, weil er dort zum Dienst als Motorradbulle eingeteilt war. Für ihn war das jedes Jahr der blanke Horror. Zehntausende Motorradfahrer aus ganz Europa trafen sich am Faakersee. Mehrere der umliegenden kleinen Orte waren eine einzige Partyzone, in der sich die unterschiedlichen Gruppierungen von Tourenfahrern, Supermoto-Racern und Rockern, und wer weiß was noch alles, zusammen fanden.

Pirker fuhr Gehmaier mit dem Auto zum Bahnhof, als Pirkers Telefon läutete. Er drückte auf die Annahmetaste, hörte die Begrüßung Obertrummers. Pirker sagte ihm, dass sie im Auto säßen und Gehmaier über die Freisprecheinrichtung mithören könne.

»Ich habe grade was Wichtiges herein bekommen. Die Teamassistentin hat herausgefunden, dass ein Alberto Francesco Farnento vor zwei Jahren als Austauschstudent oder sowas in Österreich war. Und ratet mal, wo der gewohnt hat?«

Ohne die Antwort der beiden im Auto abzuwarten, setzte er hektisch fort. »Bei den Novaks. Wir wären gar nicht darauf gekommen, wenn der Farnento nicht im Prater bei einer kleinen Rauferei eins auf die Nase bekommen hätte. Aber so hat die Recherche die Meldedaten und die Rauferei ergeben und die Teamassi hat sich gefragt, ob es da noch mehr gibt. Und siehe da, die Italiener haben einen Roberto Farnento in der Kartei, der wegen Drogendealerei in Florenz Wickel hatte. Und der ist ein Bruder von diesem Alberto Farnento. Na, was sagt ihr jetzt? Das könnte der gesuchte Dealerpfad von Florenz nach Wien, zu Novak, sein. Diese erste Info ist natürlich informell. Die aktenmäßige Übermittlung dauert bei den Italienern schon etwas länger. Aber damit können wir schon mal weiterarbeiten.«

Pirker berichtete seinem Chef noch kurz von Finkhaus und dass sie Novak nicht angetroffen hätten, sowie dass dieser in den nächsten Tagen in Kärnten sein würde. Er fragte, ob der Chef einen Haftbefehl besorgen könne.

»Also, wenn ich alles vollständig und richtig im Kopf habe«, antwortete Obertrummer, »dann haben wir nur die belastenden Aussagen von Aschauer und Finkhaus, die beide den Novak beschuldigen, mit Drogen zu handeln und ein Zuhälter zu sein, aber, ich betone, noch keine Beweise dafür. Stimmt das?«

»Ja, aber es gibt auch den Verdacht, dass Novak was mit der Navratilova-Sache zu tun hat. Sie könnte auch ihn erpresst haben«, ergänzte Gehmaier. »Wir müssten nur was finden, das die Sache untermauert.«

»Richtig! Wenn ich jetzt damit zu einem Staatsanwalt gehe, wird mir der erklären, dass das Eis zu dünn ist und dass jeder Jungspund von Rechtsanwalt den Novak da heraushauen könnte, als Aufwärmtraining sozusagen.«

Pirker und Gehmaier schwiegen. Sie wussten, dass der Chefinspektor Recht hatte.

»Vielleicht würde ja eine der anderen Damen gegen den Novak aussagen, wenn wir sie unter Druck setzen. So wie es aussieht, hat er ja alle Damen, die in ´Hotel am See´ waren, unter Kontrolle«, stellte Pirker seine Überlegung dazu.

»Wir brauchen Beweise, meine Herren. Hieb- und stichfeste Beweise.«

Im Zug nach Klagenfurt hatte Gehmaier genug Zeit, über alle möglichen Dinge nachzudenken. Aber als er ausstieg, war ihm klar, dass sich in den nächsten Tagen, wo er ohnehin Dienst bei diesem Massenauftrieb ´Alpine Bike Days´ hatte, nichts tun würde.

Lieber wäre er alleine eine ruhige Biketour gefahren, als sich das Motorradgewimmel anzutun.

- 28 -

Der erste Tag war für die Anreise der Altherrengruppe, die von Adrian, Erwin junior und Gabriel begleitet wurde, drauf gegangen. Erst am späteren Nachmittag waren sie beim noblen Golfhotel angekommen. Die drei Jungs waren nach dem Einchecken gleich in die eigens eingerichtete Bike City weiter gezogen, um sich die Motorrad-Stunts der Topleute aus Italien und Deutschland, die am Vorderrad, am Hinterrad, selten auf beiden gleichzeitig fahrend, ihr Können zeigten, anzusehen. Später, als sie zum Hotel zurück kamen, um sich mit ihren Vätern und den anderen zum Abendessen zu treffen, sahen sie, wie gerade teure Nobelbikes einer amerikanischen Marke mit Hamburger Kennzeichen aus einem Lastwagen entladen wurden. Der Hoteldiener, der die Entladung beobachtete, sah die erstaunten Jungs.

»Tja, die noblen Leute aus Hamburg lassen sich die Motorräder her liefern und reisen selbst mit dem Flugzeug an. Und das nur, damit sie dann als die ´wilden Biker´ zwanzig Kilometer bei der Parade mitfahren können.«

Am zweiten Tag hatten die drei Freunde mal ordentlich die ´Sau rausgelassen´. Gleich nachdem sie sich am meterlangen Frühstücksbuffet gelabt hatten, waren sie in die Bike City gefahren. Auf einem schier unüberschaubaren Gelände tummelten sich tausende Biker aller Altersgruppen. Bald waren Adrian, Gabriel und Erwin mitten im Gewühl, wurden mehr mitgeschoben, als sie sich selbst bewegten.

Sie trieben an den von den Herstellerfirmen belegten Ausstellungsflächen vorbei. Manche hatten den grauen Asphalt mit Teppichen belegt, die farblich mit den ausgestellten Motorradmodellen korrespondierten. Nach den eher marktüblichen konservativen Reisetourern und Großenduros, folgten Motocrosseisen und Supermotos, dann wieder konventionelle Naked Bikes und aufgemotzte Supersportler, die von einer Rennstrecke entkommen zu sein schienen.

Die drei Jungs schlenderten zu den Custombikes, jene aufgemotzten Chopper, die als Einzelstücke auch gerne mal hunderttausend kosten konnten. Begeistert schwafelten sie über die extrem breiten Hinterreifen, bestaunten die Airbrush-Lackierungen, von denen manche echt museumsreif gewesen wären.

»Poah, schaut euch die Vordergabel an«, ereiferte sich Adrian, der selbst ein leichteres Naked Bike fuhr. »So extrem lang. Und der hochgezogene Lenker! Ist das geil!«

»Schau mal«, ergänzte Erwin. »an der Lenkstange ist keine einzige Leitung, kein Seilzug für die Bremse oder die Kupplung zu sehen. Die müssen die irgendwie innen verlegt haben!« Als er zum Gasgriff greifen wollte, hielt ihn ein scharfes ´Hey, nicht anfassen´ abrupt zurück.

Erwin war vor dem Bike in die Knie gegangen. Es fehlte nicht viel und es hätte ausgesehen, als bete er das Ding an. Langsam folgten seine Blicke dem verchromten Auspuff bis zu dessen Flansch am Antriebsblock. Der ebenfalls total verchromte Motor funkelte und glänzte in der Sonne, dass es einen beinahe blendete. Gabriel stand neben Erwin und zeigte lässig auf den Tank, auf den auf einem von hellblau nach dunkelblau verlaufenden Untergrund ein nacktes Girl aufgemalt war. Es sah so aus, als würde sie den Tankverschluss küssen. Er beugte sich vorne über und sah, dass das Girl spiegelbildlich auf beiden Seiten des Tanks aufgebracht war.

Adrian, der den beiden gegenüber auf der anderen Seite des Wunderbikes stand, blickte auf das Vorderrad, das schon beinahe abartig weit vor dem Motorblock zu sein schien. Am Ende der sehr flach gewinkelten Gabel saß eine Felge, die statt Speichen verchromte kleine Metallteile hatte, die wie Schwertklingen aussahen, umrahmt von einem unglaublich schmalen Vorderreifen.

Ein paar Meter weiter grollte ein dumpfer Donner. Wie auf Kommando drehten sich die drei zur Geräuschquelle um. Ein bulliger Kahlkopf saß breitarschig im tiefen Sattel eines Choppers. Die massigen Arme hielten in Höhe der Glatze die Griffe des Lenkers fest. Er drehte kraftvoll am Gasgriff und der Motor brüllte auf wie ein von einem Nasenring gepeinigter Stier. Vom durchdrehenden Hinterreifen dampfte zum Jubel der Umstehenden blauer Rauch auf und stieg den Schaulustigen beißend in die Augen.

Später saßen die Jungs an einem der langen Holztische mit Bänken, die typisch für die Bierzelte waren. Sie labten sich an einer knusprig gegrillten Schweinestelze und dem ersten Bier des Tages, welches ihnen von einer vollbusigen Kellnerin serviert worden war. Als Erwin eine anzügliche Bemerkung über ihre Titten gemacht hatte, grinste sie nur und meinte: »Pass auf was du sagst, Bürschchen, sonst erdrück´ ich dich damit!« Heftiges Gelächter und ein roter Kopf waren die Folge.

Am späteren Nachmittag hatten sie bereits mehrere Runden durchs Festgelände und an Bier hinter sich. Leicht ermüdet setzten sie sich vor eine Bühne, auf der gerade ein paar rockige Typen ihren Soundcheck machten. Bald danach griffen die ´Hedgehogs´, eine Gruppe uriger Musiker mit Biker-Lederhosen und Trachtengilets, als eine der ersten Bands des Abends lautstark in die Saiten und grölten über den Platz. Viele andere würden noch folgen. Je später der Abend, umso schöner die Mädchen, aber nicht nur schöner, sondern auch zahlreicher. Die Jungs kamen kaum mit ihren Blicken nach, was sich da abspielte.

Wie die Motten drängten die Girls ans Licht, in diesem Fall das Licht der Festzelte und der Bühnen. Jede weitere schien die vorigen an gezeigter Haut übertreffen zu wollen. Immer knapper wurden die Shorts und die Minis um die Hüften und die Shirts und die Bikinioberteile über den Busen, bis gegen Mitternacht die pralle Pracht unverhüllt zur Schau gestellt wurde. Ein paar davon bewiesen unter plärrenden Zurufen ihre Gelenkigkeit an der Poledancestange. Sicherlich war die eine oder andere auch gerne bereit, dem geneigten Verehrer mehr zu bieten, wenn er diese Gunst entsprechend aufzuwiegen wusste.

Nach Mitternacht begannen Tumulte, die in einem Bierzelt bald in eine ausgewachsene Schlägerei zwischen zwei Rockergruppen ausgeartet waren. Erwin und Adrian wollten sich das genauer ansehen, doch Gabriel zog sie aus dem Bierzelt, als er sah, dass die privaten Securityleute von Polizisten, die ins Zelt liefen, Verstärkung erhielten.

Der Morgen graute bereits, als die drei in ihre Betten fanden.

Erst nach zehn Uhr trafen sich Gabriel, Erwin junior und Adrian, der Sohn des Anwalts Netnicky, zu einem ausgiebigen Brunch im Frühstücksraum des Golfhotels, wo schon die Senioren der drei mit weiteren Kumpanen aus Wien beim Frühstück saßen.

Langsam kehrte der Lebensgeist in die drei zurück. Sie tranken auffällig viel Orangensaft und Wasser. Adrian hielt sich bei der festen Nahrung vornehm zurück, hatte er doch seinen Schlaf ein, zwei Mal unterbrechen müssen, um sich vor die Klomuschel zu knien. Doch nun ging es wieder bergauf.

Bald scherzten sie und prahlten mit den Erlebnissen des Vortages, als wenn sie nicht miteinander unterwegs gewesen wären.

»Habt ihr gesehen, was für ein super Wetter draußen ist? Ich zieh mich jetzt um und dreh eine Runde«, schlug Gabriel vor.

»Klar, ich bin dabei«, meinte Erwin junior. »Da in der Gegend gibt es einige geile Strecken. Los, wir wollen ein bisschen Spaß haben.«

Adrian fühlte sich noch etwas flau im Bauch und überlegte.

»Na, komm, Adrian, das haltest du schon aus«, forderte Erwin junior, »sei kein Schlappschwanz.«

Adrian sah zum anderen Tischende, wo sein Vater, Novak, Steinberger und Finkhaus gerade laut auflachten. Auch die Altherren schienen sich bestens zu amüsieren. Er fühlte noch kurz in sich hinein und sagte: »Okay! Lasst uns eine Runde drehen. Passt es in fünfzehn Minuten?«

Gabriel nickte zustimmend und Erwin rief nach der Kellnerin.

»Wir sind heute ein bisschen durstiger. Könnten Sie bitte für uns drei ´Nullfünfer-Mineral-ohne´ zum Mitnehmen herstellen? Danke!

Als die Kellnerin ein paar Minuten später mit den drei Mineralwasserflaschen ohne Kohlensäure zurückkam, war Erwin schon zum Umziehen gegangen, während Adrian und Gabriel noch am anderen Tischende mit den Senioren plauderten.

»Also, weil Adrian noch nicht so geübt ist«, grinste Gabriel mit einem Zwinkern, »fahren wir die leichte Tour rauf zum Weißensee, dann vielleicht zum Nassfeld oder so. Wir sind gegen Abend zur nächsten Bikeshow wieder zurück. Ich hab´ mein Handy mit«, sagte er noch an seinen Vater gewandt. Gabriel nahm zwei Mineralwasser vom Tisch und drückte Adrian eines in die Hand. »Aber nicht gleich ex austrinken«, mahnte er schmunzelnd. Er wusste, wie sich Adrian fühlte.

Nach deutlich mehr als fünfzehn Minuten trottete auch Erwin endlich in die Tiefgarage, wo die Bikes geparkt waren.

»Hast du dein Wasser mitgenommen?«, fragte Gabriel, der es nicht leiden konnte, wenn die anderen unterwegs aus seiner Flasche trinken wollten.

»Nein«, schüttelte Erwin den Kopf, »Scheiße, vergessen, ich hol es schnell«, und war schon weg. Als er in den leeren Frühstücksraum kam, war die Kellnerin gerade beim Abräumen der Tische und lächelte ihn an. Er ging zu seinem Platz, wo die Wasserflasche stand und grinste sie beim Rausgehen wortlos an. In der Tiefgarage drehte er den Verschluss auf und nahm einen ordentlichen Zug aus der Flasche, bevor er sie in den kleinen Rucksack steckte. »Bevor es warm wird«, erklärte er den beiden Wartenden, zog den Rucksack über und schwang ein Bein über den Sattel. Fast zugleich heulten die Motoren auf.

Um die langweiligen Dorfdurchfahrten zu vermeiden, fuhren sie auf die A2 und nahmen rasch hohe

Geschwindigkeiten auf. Ohne Matches untereinander fuhren sie hart am Limit rauf bis zur Abfahrt mit dem Hinweis Hermagor. Da Gabriel sich die Strecke auf der Karte angesehen hatte, fuhr er voran, Erwin und Adrian kamen mit ein wenig Abstand hinterher.

Nach der Autobahn folgten sie der Gailtaler Straße mit den langgezogenen Kurven. An anderen Bikern zogen sie zügig vorbei. Die übernächtigen Cruiser wollen sich sicher nicht matchen, dachte Gabriel.

Rechts sahen sie den kleinen Flugplatz vorbeiziehen, von dem gerade eine Motormaschine abhob. Die lange Rechtskurve um den Ort endete und ging in eine kurze Linkskurve über.

Ein Autobus kam ihnen entgegen. Gabriel zog sein Bike nach rechts, denn er wusste, dass die großen Gefährte immer ordentliche Bugwellen an Luft vor sich herschoben. Er war gerade am Bus vorbei als er einen lauten Knall hinter sich hörte. Er wandte seinen Kopf über die linke Schulter nach hinten und sah im Augenwinkel die grellen Bremslichter des Busses aufleuchten. Was war da los? Instinktiv ging er vom Gas und bremste. Als er stand, schaute er sich erneut um. Von seinen Kumpels war nichts zu sehen. Ein weiteres Auto war hinter dem Bus zum Stehen gekommen. Auch auf seiner Seite kam kein Fahrzeug daher. Wo waren Erwin und Adrian?

Er drückte den Gang rein, sah in beide Fahrtrichtungen und drehte auf der Fahrbahn um. Nach ein paar Sekunden hatte er den stehenden Bus erreicht. Jetzt konnte er sehen, was vorher durch die Kurve verdeckt gewesen war. Ein Motorrad lag neben dem Autobus auf der Gegenfahrbahn. Er rannte hin und erkannte an der Lederkombi, dass Erwin vor dem Bus auf dem Asphalt lag. Menschen waren über ihn gebeugt, jemand schrie hektisch in ein Telefon. Gabriel war wie gelähmt. Konnte sich nicht rühren.

Erst ein paar Sekunden später wurde ihm klar, dass Erwin gegen den Bus geprallt sein musste. Er beugte sich über ihn. Blut quoll unter Erwins Helm hervor. »Nicht anfassen, nicht bewegen«, nahm Gabriel Zurufe wie aus weiter Entfernung wahr.

»Erwin, Erwin! Sag doch was!«, schrie er seinen Freund an. Tränen rannen ihm über die Wangen. Hände zogen ihn an der Schulter, weg vom am Boden liegenden Erwin.

»Die Rettung ist jetzt da!« Weit entfernt hörte er eine Sirene.

Als das Rettungsauto mit heulender Sirene davor fuhr, registrierte Gabriel, dass Adrian neben ihm an der Leitplanke lehnte. Gabriel hatte nicht mitbekommen, wann er seinen Helm abgenommen hatte. Leute redeten auf ihn ein. Er konnte nicht verstehen, was sie sagten. Alles war so weit weg. Ein junger Polizist mit einem aufgeklappten weißen Helm war auf ihn zugetreten und fragte mit ruhiger Stimme: »Ist bei Ihnen alles Okay? Sind Sie verletzt?« Gabriel starrte ihn an. Nein, nicht verletzt, schüttelte er wortlos den Kopf. Ein Rettungsmann hielt ihm eine kleine Wasserflasche vors Gesicht. »Trinken Sie ein paar Schlucke, das wird Ihnen guttun.«

Erwin, was ist mit Erwin?, echote es durch seinen Kopf

Markus Gehmaier war für die Verkehrsüberwachung auf der Gailtalstraße eingeteilt gewesen. Er war die Strecke rauf bis Hermagor abgefahren und gerade auf dem Rückweg, als er über den Funk von der Einsatzzentrale die Meldung des Motorradunfalls bei Nötsch gehört hatte. Er hatte geantwortet, dass er auf der Gailtalstraße von Hermagor zurück zur A2 unterwegs sei und gleich zur Unfallstelle käme.

Während des Rettungseinsatzes waren noch zwei Kollegen mit einem Streifenwagen gekommen. Sie nahmen die Daten des Buslenkers und etwaiger Zeugen auf und erstellten ein erstes Protokoll.

- 29 -

In der Polizeidienststelle arbeitete Gehmaier dann am Papierkram zum Unfall. Das dauerte eine Weile. Er musste die Aussagen durchsehen und die Vollständigkeit checken. Uhrzeiten und Ortsangaben, die Vollständigkeit der Daten der Zeugen und Kennzeichen prüfen. Als er das Kennzeichen des verunglückten Bikes ´W.INER 66´ sah, assoziierte er Gewinner und dass der Bursche sich möglicherweise als Rennfahrer fühlte.

Furchtbar, einfach furchtbar, dachte er sich. Er lehnte sich zurück und grübelte. Wieder einmal war ihm vor Augen geführt worden, wie gefährlich das Motorradfahren war. So leidenschaftlich gerne er auch selbst mit seinem Bike Touren fuhr, so sehr schreckten ihn die Unfälle, und er hatte schon viele gesehen, immer wieder ab.

Wie oft hatte er schon über diese Risiken nachgedacht. Wie oft war er schon zum Schluss gekommen, dass er bei aller Vorsicht doch immer nur versuchen konnte, eigene Fehler zu minimieren.

Aber das jetzt? Wie konnte das passiert sein? Wie war es möglich, dass ein Biker auf einer einfachen Strecke in einer leichten Linkskurve auf die falsche Fahrbahn geraten war? Hatten sich die drei Burschen ein Wettrennen geliefert? War Alkohol im Spiel? Seine Gedanken glitten zu den ABD, wie die ´Alpine Bike Days´ polizeiintern genannt wurden. Dort war es gestern hoch hergegangen, wie jedes Jahr am Freitag- und Samstagabend. Die Veranstalter hatten von einem Besucherrekord gesprochen, auch wie jedes Jahr. Das bedeutete auch neue Rekorde an Biermengen und Alkoholleichen, folgerte er. Wie lange konnte das noch gesteigert werden?

Er sah sich die ersten Zeugenaussagen an. Der schwergeschockte Busfahrer hatte ausgesagt, dass er mit dem vorgeschriebenen Tempo unterwegs gewesen war, als er von Ferne das Licht des ersten Bikers wahrgenommen hatte. Dann hatte er gesehen, wie der zweite, der in ausreichendem Abstand und mit gleicher Geschwindigkeit dahinter fuhr, von seiner Fahrbahnseite langsam zur Sperrlinie hereinzog, diese überfuhr und direkt auf den Autobus zukam. Der Busfahrer hatte noch so stark wie möglich abgebremst. Ihm war auch die seltsame Haltung des Motorradfahrers aufgefallen, als ob er nach links unten hängen würde. Auf Nachfrage des Beamten hatte er gemeint, nicht so wie sich Racebiker in eine Kurve hängen und dabei den Kopf gerade halten, sondern irgendwie schlaff, denn auch der Kopf schien beim Unfallopfer irgendwie zu hängen. Die Aussagen weiterer Businsassen, alles Pensionisten, die einen ruhigen Sonntagsausflug hatten machen wollen, deckten sich mit den Angaben des Fahrers, waren aber nicht so detailliert. Der vorausfahrende Biker hatte vom Unfall nur den Knall mitbekommen, sonst konnte er nicht viel sagen. Die Angaben des dritten Motorradfahrers deckten sich mit denen des Busfahrers.

Gehmaier überlegte. War vielleicht doch Alkohol im Spiel? Er beschloss auf die Ergebnisse der Blutabnahme zu warten, die jeden Augenblick herein kommen mussten.

Er scrollte nochmals über das Dokument am Bildschirm, als ihm etwas ins Auge sprang. Moment, was war das? Langsam fuhr er zurück nach oben und las: Erwin Novak. Der Name! Der stach plötzlich heraus. Erwin Novak, wie der Gastronom aus Wien. Er suchte die Namen der anderen beiden Burschen: Adrian Netnicky und Gabriel Steinberger. Er war total überrascht, alle drei Namen aus dem Navratilova-Fall vor sich zu sehen. Zur Sicherheit holte er sich den elektronischen Akt vom ´Hotel am See´ auf den Bildschirm und checkte die Namenslisten: eindeutig, das waren die Namen der gelisteten Söhne. Jetzt zog Gehmaier die Schlussfolgerung, dass vermutlich auch die Senioren bei den ABD dabei waren. Mit dem Bleistift schrieb er in Großbuchstaben ERWIN auf den Block und kritzelte herum, ohne dass ihm dabei die Silben des Wunschkennzeichens auffielen.

Er grübelte noch über dieses Drama, das sich da ereignet hatte, als ein Piep eine neue Nachricht anzeigte. Er klickte drauf und sah, dass es die Ergebnisse der Untersuchung und der Blutabnahme waren. Novak junior hatte noch geringe Mengen Restalkohol in sich, knapp am erlaubten Limit. Aber da stand auch noch, dass Amphetamine im Blut gefunden worden waren. Eine genaue Analyse würde folgen. Er scrollte über den Befund des Unfallopfers und erstarrte: Exitus. Ursache multiple Frakturen der Rippen, des linken Schlüsselbeins und des Schambeins. Dazu schwere innere Verletzungen und Blutungen, die letztlich zum Organversagen geführt hatten. Der junge Bursche war auf der Intensivstation verstorben. Die Notärzte hatten ihm nicht mehr helfen können. Au, verdammt! In Gehmaier zog sich alles zusammen. Das war ja schrecklich!

In der Nacht fand Marko keinen Schlaf. Er hatte sich stundenlang im Bett herum gewälzt. Die Bilder des Unfalls waren ihm nicht aus seinem Kopf gegangen. Und dann noch die Nachricht vom Tod des Bikers. Alles schien sich im Kreis zu drehen. Sein T-Shirt war nass geschwitzt. Er stand auf, um es zu wechseln. Er füllte ein Glas mit kaltem Wasser und setzte sich an den Tisch. Schlafen konnte er jetzt sowieso nicht mehr. Um sich abzulenken, schaltete er den Computer ein. Die Wettervorschau für die nächsten Tage war gut, geringe Niederschlagswahrscheinlichkeit, nur leichte Gewitterneigung. Sein Blick wanderte zu seiner Mailbox. Die hatte er schon zwei, drei Tage nicht gecheckt. Er klickte drauf und sah ein paar Spams, die er gleich löschte, ein Mail von seiner Schwester Kathi und ein Mail von seinem Freund Giuseppe. Dann sah er einen neuen Video-Alert zu den Crash-Klipps. Während er drauf klickte, ging ihm durch den Kopf, dass er immer noch nichts zum letzten Video herausgefunden hatte. Dafür war in den letzten Tagen auch keine Zeit gewesen. Aber jetzt war alles wieder präsent.

Er sah sich das Video an. Wieder eine rasante Verfolgungsjagd, wieder ein Crash am Ende. Verdammt, wie ihn das nervte. Doch da, am Ende. Der Bildschirm war, wie auch bei den anderen Videos, schon dunkel geworden, als noch ein Text eingeblendet wurde: ´Catch me, if you can!´ Marko schüttelte den Kopf, spielten seine grauen Zellen jetzt verrückt? Bildete er sich das ein? Er sah zum Fenster, wo das nächtliche Dunkel gerade leicht aufzugrauen begann. Dann sah er wieder auf den Bildschirm. Nein, er hatte sich nicht getäuscht: ´Catch me, if you can!´, las er nochmals und da war dann noch ein Smiley mit herausgestreckter Zunge. Markos Puls explodierte, sein Herz begann zu rasen. Was zum Teufel war das jetzt?

Um sechs Uhr riss ihn der Wecker hoch. Hatte er geschlafen? Wie benommen setzte er sich auf, taumelte ins Bad und klatschte sich kaltes Wasser ins Gesicht. Langsam kamen die Gedanken zurück. An den Unfall, den jungen toten Novak. Und dann noch der Video-Alert. Ungläubig erinnerte er sich an die Botschaft am Ende des Klipps.

Bei der Dienstantrittsbesprechung informierte er den diensthabenden Vorgesetzten über den Unfall und dass er da noch zu ermitteln habe. Nein, aufgrund der Blutanalyse gab es keinen Aufschub. Er musste dringend mit den beiden anderen Bikern sprechen. Er erfuhr, dass andere Kollegen bereits den Herrn Novak senior vom Unfall verständigt hatten und dass dieser schon im Krankenhaus gewesen war, als der junior auf der Intensivstation noch um sein Leben gekämpft hatte.

Um acht Uhr war Gehmaier im Golfhotel und erkundigte sich an der Rezeption nach den Zimmernummern von Adrian Netnicky und Gabriel Steinberger.

»Herr Steinberger, in Erwin Novaks Blut wurde Restalkohol festgestellt«, begann Gehmaier langsam. Er hatte Gabriel wecken und ihm Zeit zum Ankleiden lassen müssen.

Gabriel hatte erklärt, dass er fast die ganze Nacht völlig fertig gewesen war und nicht schlafen konnte.

Ein Kollege hatte Gehmaier begleitet und hörte an der Tür stehend zu.

»Was können Sie uns dazu sagen, zum Restalkohol?«, wiederholte Gehmaier.

»Also, wir, Erwin, Adrian und ich waren bei den ´Alpine Bike Days´. Wir sind mit unseren alten Herren angereist und haben alle hier im Haus unsere Zimmer. Vorgestern waren wir im Festgelände unterwegs und haben auch was getrunken.«

»Würden Sie sagen, dass Sie betrunken waren?«

»Weiß nicht. Wir sind dann jedenfalls mit einem Taxi ins Hotel gefahren.«

»Wann war das?

»Keine Ahnung. Muss schon spät gewesen sein, es wurde schon grau.«

»Haben Sie und die anderen außer Alkohol noch was genommen?«

»Was?«, Gabriel schaute verdutzt auf.

»Ob Sie sonst noch was genommen haben, habe ich gefragt. Ecstasy oder so was?«, beharrte Gehmaier.

Gabriel saß mit gesenktem Blick da und zögerte.

»Also?«, erhöhte Gehmaier den Druck. Er wusste, was das Zögern bedeuten konnte. Der Befragte würde sich seine Antwort gut überlegen und vielleicht eine Lüge ausdenken.

»Der Erwin hatte was dabei. Er hat es herumgereicht, aber ich wollte nicht«, murmelte Gabriel leise.

»Wissen Sie, wann das war?«

Gabriel war beinahe erleichtert, dass er nichts genommen hatte, und antwortete: »Ja, so ungefähr. Es muss schon weit nach Mitternacht gewesen sein. Wir sind herumgezogen und haben uns die Musik gegeben. Ein Zelt war schon zu.«

Adrian Netnicky bestätigte die Angaben Gabriels im Großen und Ganzen, gab aber auch zu, selbst eine kleine weiße Tablette von Erwin Novak junior genommen zu haben.

Anschließend fuhren Gehmaier und sein Kollege ins Krankenhaus und ließen sich zum Labor führen. Der diensthabende Oberarzt zog die Unterlage aus dem Trolley und schaute lange hinein.

»Das Unfallopfer hatte Restalkohol im Blut, aber an der Grenze. Aber da: Spuren von Amphetaminen, also Ecstasy oder so was, und«, vertieft ins Dokument machte er eine Pause, »und dann haben wir noch Benzodiazepine, Temazepam, bekannt als K.-o.-Tropfen, gefunden«, erklärte er. »Na, wenn das keine gefährliche Mischung ist«, ergänzte der Arzt nüchtern.

Gehmaier war überrascht. »K.-o.-Tropfen, sagen Sie? Sind Sie sicher?«

»Ja, seitdem das Zeug immer häufiger auftaucht, haben wir einen neuen Schnelltest«, bestätigte der Arzt nochmals.

Gehmaier dachte nach, bis der Oberarzt ihn ansprach: »Haben Sie noch Fragen, ich muss sonst weiter.«

»Ääh, Entschuldigung! Nein! Aber, Moment bitte«, Gehmaier musste sich sammeln. »Gibt es schon Informationen über die genaue Zusammensetzung?«

»Des Rauschgifts?«

»Ja, das auch, aber auch der K.-o.-Tropfen! Die brauche ich dringend!«, unterstrich Gehmaier.

Der Arzt zog verwundert die Augenbrauen hoch, sagte dann aber: »Ja, können Sie haben. Das dauert aber bis morgen.«

»Danke! Ja, halt so schnell wie möglich«, bat Gehmaier nochmals.

Der Rest des Tages und der lange Nachtdienst vergingen mit Routineaufgaben. Schließlich war der Höhepunkt der ABD am Laufen. Und das war wörtlich zu nehmen. Ständig mussten die Beamten von einem Einsatz zum anderen. Es gab manche kleine Auseinandersetzung, die in eine Rauferei überging und mit einer ausgewachsenen Schlägerei enden hätte können, wenn die Bullen nicht rechtzeitig eingegriffen hätten. Die Polizisten hatten auch einige Diebstähle zu bearbeiten und die Spezialisten vom Rauschgift hatten bereits einige Drogen und deren Dealer hops genommen.

Am nächsten Morgen hatte Gehmaier die Analyse der im Blut gefundenen Substanzen erhalten und gleich ins Polizeilabor weiter geleitet.

Zwei Stunden später hatte er Klarheit. Moser himself hatte ihn angerufen und informiert, dass die Zusammensetzung der Drogen und der K.-o.-Tropfen exakt jener entsprach, die die Navratilova intus hatte. Sein Verdacht hatte sich bestätigt.

Anschließend telefonierte Gehmaier lange mit Pirker in Wien. Sie diskutierten viele Szenarien durch, um Klarheit zu bekommen, was da passiert sein könnte.

»Dass der junge Novak Alk im Blut hat, ist ja nicht das Problem«, sagte Pirker. »Wenn ich das richtig verstehe, hat ihn die Mischung vom Bike geholt.«

Gehmaier dachte nach. »Du meinst, der Alkohol, die Amphetamine und die K.-o.-Tropfen. Das ist mir schon klar. Interessant ist aber, dass er die Amphis irgendwann zwischen null und zwei Uhr in der Früh genommen haben kann, aber die K.-o.-Tropfen wirken innerhalb von einer halben bis dreiviertel Stunde. Das heißt, die muss er praktisch beim Frühstück genommen haben. Scheiße, Blödsinn, die wird er ja nicht selber genommen haben, also muss ihm diese jemand beim Frühstück reingegeben haben.«

»Scheint so. Wenn ihm die jemand anderer verabreicht hat und der ist dann auf dem Bike weggetreten, dann ist das ja ein glatter Mord oder zumindest Totschlag oder so was«, folgerte Pirker. »Oh Mann. Auch das noch. Und wer soll das getan haben und warum?«, fragte Pirker ins Telefon.

»Tja, wenn ich das wüsste«, murmelte Gehmaier.

Gehmaier war in seinen Schreibtischsessel versunken und grübelte. Seine Gedanken wanderten zum letzten Mail von Giuseppe, wo dieser geschrieben hatte, dass es bei Florenz eine Schießerei im Drogenmilieu gegeben hatte und Roberto Farnento dabei schwer verletzt worden war. Giuseppe hatte vermutet, dass die organisierte Kriminalität begonnen habe, den Markt für ´White Explode´ an sich zu reißen und die Amateure raus zu drängen. Gehmaier überlegte hin und her, schloss dann aber aus, dass die Italiener etwas mit dem Unfall von Erwin Novak zu tun hätten. Das mit den K.-o.-Tropfen wäre einfach zu umständlich und zu aufwendig gewesen.

Außerdem waren beide Substanzen mit jenen von der Navratilova ident. Daraus folgte, dass sie aus derselben Quelle kamen. Das ´White Explode´ kam aus Italien, das stand fest. Auch die Connection zwischen diesem Alberto Far-Irgendwie oder seinem Bruder war schlüssig. Der junge Novak musste das Zeug also auch haben. Gegen den alten Novak gab es den Verdacht des Drogenhandels. Auch das passte. Aber Finkhaus wollte dem Novak die Sache mit der Navratilova anhängen. Damit war Gehmaier bei den K.-o.-Tropfen und scheiterte gleichzeitig. Der Alte wird doch nicht seinem eigenen Sohn die K.-o.-Tropfen geben haben?, fragte er sich. Das macht doch keinen Sinn. Was steckte da noch dahinter? Er kam nicht weiter.

Die Telefonzentrale meldete sich. Ein Anruf für Gehmaier. Er nahm an.

»Sind Sie der Beamte, der den Unfall des Herrn Novak untersucht?«, fragte eine freundliche Frauenstimme.

»Ja, das bin ich«, bestätigte Gehmaier und richtete sich am Tisch auf. »Wer spricht und worum geht es?«

»Das ist ein wenig kompliziert«, zierte sich die Frauenstimme. »Äh, ich bin Susanne Droblacher, ich bin die Foodmanagerin im Golfhotel, also da wo der junge Herr Novak wohnt, äh gewohnt hat. Das ist ja alles so schrecklich«, wimmerte sie ins Telefon.

»Frau Droblacher, beruhigen Sie sich.« Er wartete ein paar Sekunden und fragte dann: »Warum haben Sie uns angerufen.«

»Ich habe da auf der Videoaufzeichnung was gesehen«, begann sie und fing wiederum an zu wimmern.

»Nur mit der Ruhe, Frau Droblacher. Eine Videoaufzeichnung, wovon?«

Sie konnte ihm keine klare Antwort geben.

»Wissen Sie was«, schlug Gehmaier vor, »ich komme gleich vorbei und Sie zeigen mir das dann in Ruhe. Okay?«

Ein zittriges Ja folgte und Gehmaier machte sich auf den Weg.

Im Büro der Foodmanagerin wandte sich Gehmaier vom Bildschirm ab.

»Wir hatten immer wieder Probleme mit einigen Gästen«, erklärte Droblacher, »deshalb haben wir vor Saisonbeginn die Videoüberwachung installieren lassen. Und jetzt das!«

»Frau Droblacher! Sie haben das ausgezeichnet gemacht. Es ist ein großer Glücksfall, dass Sie das entdeckt haben und gleich angerufen haben. Wirklich! Sie können sich jetzt wieder beruhigen. Alles ist in Ordnung.«

- 30 -

Zwei Tage später saßen Obertrummer, Pirker und Gehmaier im Verhörraum in der LPD Wien, als Finkhaus hereingeführt wurde.

»Herr Finkhaus, wir beschuldigen Sie, schuld am Tod von Frau Tatjana Navratilova zu sein«, begann Pirker. »Dies ist ein offizielles Verhör, das aufgezeichnet wird. Möchten Sie Ihren Anwalt beiziehen?«

»Ich habe Ihnen doch schon letztes Mal erklärt, dass das lächerlich ist. Ich war das nicht. Haben Sie den Novak schon verhört?«

»Sie bestreiten also jede Verwicklung in den Fall Navratilova?«, hakte Gehmaier nach.

»Ja, selbstverständlich. Ich habe damit nichts zu tun.«

»Und warum haben Sie dem jungen Novak die K.-o.-Tropfen ins Wasser getan?«

»Was? Wie kommen Sie auf den Blödsinn?«

»Herr Finkhaus, wir haben eine Videoaufzeichnung, auf der zu sehen ist, wie Sie eine Substanz in eine Mineralwasserflasche geben, die ein paar Minuten später von Erwin Novak junior vom Tisch genommen wurde. Keine Stunde später verunglückt dieser aufgrund von K.-o.-Tropfen und stirbt.«

»Ein Video«, fragte Finkhaus ungläubig. Sein Gesicht wurde fahl und grau.

»Sie können jetzt Ihren Anwalt anrufen.«

- 31 -

Als Gabriel die Tür hinter sich zudrückte, stand Clarissa schon vor ihm. Sie trug eine eng anliegende Bluse, deren beiden oberen Knöpfe offen standen und einen verführerischen Einblick gewährten. Der schwarze Lederrock war dezent, aber kaum länger als ein Mini. Schwarze Strümpfe verdeckten ihre langen Beine. Sie lächelte ihn einladend an.

Gabriel stand mit ernstem Gesicht da und wirkte betreten.

»Ich bin gekommen, also ich bin nicht deswegen gekommen«, stammelte er, »ich wollte dir sagen, dass ich nicht mehr zu dir kommen werde. Das ist jetzt vorbei!«

Clarissas Augen weiteten sich erstaunt, ihr Gesicht wurde ernst. »Was? Aber warum?« Ihre Stimme klang verunsichert. »Jetzt ist doch….«

»Clarissa! Erwin ist tot! Er ist wegen mir gestorben!«, presste Gabriel hervor.

Wortlos blickte Clarissa in seine Augen und verstand nichts.

»An dem Nachmittag, als die Fotos gemacht wurden«, versuchte er zu erklären, »da war ich mit Erwins Maschine unterwegs. Die ist fotografiert worden und dein Mann hat auf der Fahrt nach Kärnten das Kennzeichen wieder erkannt und geglaubt, dass es der Erwin war, der dich besucht hat.«

Gabriels Stimme versagte. Tränen glitten über seine Wangen, er schluchzte auf.

»Er ist wegen mir umgebracht worden! Verstehst du?«, rief er verzweifelt.

Clarissa hob ihre Arme und drückte sein Gesicht an ihre Schulter. Als sie das Schluchzen des Burschen spürte, liefen auch ihr die Tränen über die Wangen.

- 32 -

In der Landespolizeidirektion knipste Pirker das Licht aus, als er hinter Gehmaier aus dem Büro ging. Es war sehr spät geworden. Aber nun lagen die Akten für den Staatsanwalt bereit.

Einer belastete Erwin Novak senior der Zuhälterei und des Handels mit Suchtmitteln. In der Beweisaufnahme wurde dargestellt, dass Novak senior die Tabletten, die sein Sohn aus Italien mitgebracht hatte, an Bekannte, die das auch vor Gericht bezeugen würden, verkauft hatte. Dies erfolgte fast ausnahmslos im Zuge von unterschiedlichen Partys für diverse Kreise seiner Klientel, von denen die Bikergruppe nur eine war. Die Damen, die im ´Hotel am See´ dabei waren, hatten ausgesagt, dass Novak ihnen eine großzügige Abgeltung ihrer Dienste ausbezahlt hatte.

In einem zweiten Akt wurde ausgeführt, wie Finkhaus aufgrund von Anzeigen der sexuellen Nötigung beschuldigt wurde. Er selbst hatte ausgesagt, dass er die getötete Navratilova zufällig in der Kellerbar des ´Hotel am See´ getroffen hatte. Als sie dann in sein Zimmer nachgekommen war, hatte sie ihn mit den Nötigungen zu erpressen versucht. Daraufhin hatte er ihr, in der Annahme, dass das auf sexuelle Motive hinweisen und ihn als sachkundigen Arzt unverdächtig erscheinen lassen würde, die dilettantische Überdosis K.-o.-Tropfen verabreicht und sie gegen drei Uhr früh, als im Haus alles ruhig schien, im Putzmittelraum versteckt. Die zweite Tablette ´White Explode´ musste sie selbst genommen haben.

Finkhaus, der rasend vor Eifersucht war, hatte bei der Anfahrt zu den ´Alpine Bike Days´ das Kennzeichen des jungen Novak erkannt und daraus geschlossen, dass dieser der Liebhaber seiner Frau Clarissa sei. Da er glaubte, dass man ihm die Verabreichung der K.-o.-Tropfen an die Navratilova nicht nachweisen würde können, war er sich seiner Sache auch bei Novak junior sicher gewesen.

Marko brach zwei Tage später alleine zu einer mehrtägigen Biketour auf. Das Vibrieren des Motors übertönte das Signal, das auf dem Handy einen neuen Video-Alert anzeigte.

-Danksagung-

Mein besonderer Dank gilt A. und E., die besten Lektoren und Kritiker, die man sich wünschen kann, für ihren unermüdlichen Einsatz und die unendliche Geduld, sowie ihre kreativen und kritischen Ratschläge.

Ein großes Dankeschön auch an M. für die umfassende Unterstützung und die wunderbare Covergestaltung.

Im Internet kursieren Snuff-Videos, die einem das Blut in den Adern gefrieren lassen: Ein mysteriöser Hunter treibt auf beliebten Bike-Strecken sein Unwesen und lehrt ahnungslose Motorradfahrer das Fürchten. Hat er ein Opfer auserkoren, beginnt eine gnadenlose Hetzjagd und damit ein Kampf auf Leben und Tod.

Als der junge Motorradpolizist Marko Gehmaier auf eines der fatalen Crash Videos stößt, beginnt er zu ermitteln. Ohne Anhaltspunkt, wann und wo das nächste Todes-Duell stattfinden wird, versucht er den brutalen Bike Hunter zu stoppen.

ISBN-13: 9783903041011
bei Amazon

5092404R00157

Printed in Germany
by Amazon Distribution
GmbH, Leipzig